パスワード
探偵スクール
パズルブック323問！

松原秀行／作　梶山直美／絵

講談社 青い鳥文庫

PASSWORD

「パスワード」シリーズってこんなお話です！

インターネット上の「電子塾」で知り合った「電子探偵団員」。それぞれ別々の学校に通うメンバーがパソコンで捜査会議をして問題を解く！　そのうち実際の事件も捜査するように。それぞれの特技を生かした大人顔負けの推理と、途中でどんどん出題されるクイズに、だれが読んでもぜったいはまっちゃうはず！

小海マコト

このシリーズの主人公。
家は「ラ・メール洋菓子店」
という名前のケーキ屋さん。
ミステリー小説が大好き。

パズルがいっぱい！

仙崎ダイ

将棋と食べることが
大好きで、特技も
将棋と大食い！　得意
な推理はギャグ推理。

林葉みずき

マラソンが得意な
陸上少女。
暗号解読の実力は
探偵団の中でもピカー。

鳥遊飛鳥

パソコンと鉄道が
好き。数学が得意で、
計算は探偵団の
だれよりも早い。

今回

「パスワード探偵スクール」に挑戦するのはこの4人！

雪野アイ　夏木ユウ

大崎みかん　ソムトウたける

全員小学５年生。それぞれ別々の小学校に通っている。共通点は「推理小説好き」ということ。

さあ、では、探偵スクールにエントリーしよう！

野沢レイ

別名ネロ。年齢不詳の超絶美人。電子探偵団の団長「ネロ」として、団員たちを見守る。

クイズと

神岡まどか

帰国子女で「おじょうさま風」。「ネコ語」を話したり、勝手に妄想をふくらます暴走推理が得意。

もくじ

CONTENTS

【朝礼】入学テスト by ネロ

町は大にぎわいだった。

目ぬき通りの「オレンジ・ストリート」は、思い思いに仮装した人・人・人の群れでごったがえしていた。

魔女がいる。

悪魔がいる。

吸血鬼がいる。

狼男がいる。

ゾンビがいる。

のっぺらぼうがいる。

口裂け女がいる。

ホラー系の仮装ばかりじゃなかった。

人気アニメのコスプレ集団がいる。

三角耳に長いしっぽの猫娘たちがいる。

水玉服をまとったピエロの群れがいる。

忍者装束のグループがいる。

よろいかぶとの一団がいる。

背中に羽をはやした天使グループがいる。

銀色のロボット軍団がいる。

だれもがノリノリになって、大通りをゾロゾロゾロゾロ行進している。

きょうはここ、風浜市最大の繁華街・森崎町商店街の一大イベント、その名も「ザ・モリザキ・オータム・フェスタ」の日なのだ。仮装行列見物にあつまった群衆で、町じゅうが笑いさざめいている。

けど、さ。

ユウはいまいち、楽しめないでいた。

おもしろいけど……つまんないや。

見てるだけじゃなくって、自分も参加しなくちゃ、やっぱりものたりない。といって、衣装の用意もなしに飛び入りはできない。

いっそ、だれでもエントリーできるイベント——たとえば商店街を舞台にしたリアル宝探しゲーム、なんていう企画があったらよかったんだけどなあ。いろんなお店をたずねてまわるスタンプラリーとか、クイズラリーみたいなのだっていい。そしたらぼくも、ヨロコんで出場していたのにさ……。

仮装行列はまだまだつづいた。ユウの目の前を、おかしな衣装の顔ぶれがつぎつぎと通りすぎていく。

巨大な虹色タマゴのカラから、手と足と頭をつきだした男がやってきた。

全身を金の包帯でグルグル巻きにした、どハデなミイラがやってきた。

「S」マーク入りの青いボディスーツに赤いマントを着こんでいるのは、本人はスーパーマンのつもりらしいけれど、ぶよぶよしたおなかが残念というか……おやっ、あれは？

ユウは目をみはった。

行列をはさんで反対側の歩道に、奇妙なモノがいたのだ。

ペンギンだった。

青いボディにつんつん頭のペンギンの着ぐるみが、携帯ショップのショーウインドウ前に立ちつくしているのだった。〈→〉と書きこまれた四角いプラカードを、両手でかかげている。

なんだろ、あのペンギン、というかあのプラカード？　矢印の方向にすすめってこと？　すすむとなにがあるんだろうか？　わからないけど、なんか気になるな。よーし、ちょっといってみよっと。

好奇心にかられて大通りを横切ろうとしたが……できなかった。ちょうどそのとき、消防団の鼓笛隊がやってきたからだ。行く手をはばまれ、ユウはしばらくその場に立ち往生するしかなかった。

管楽器に小太鼓の楽団がようやく通りすぎた。ユウは小走りで通りを横断していったが、あれっ、いない。

ペンギンの姿はもう、どこにも見あたらなかった。足止めをくっているあいだに立ち去ってしまったらしい。

マズったなあ。ユウはがっくりきた。矢印の謎をたしかめたかったのに、かんじんのペンギンがいないことには……ん、こんどはなんだ？　ペンギンのかわりにべつのモノが、ユウの目に飛びこんできた。

タヌキだった。

だけではない。キツネもいる。

歩道の三十メートルほど向こうに、着ぐるみのタヌキとキツネがならんで立っていたのだ。

どっちも四角いプラカードを手にしている。さっきのペンギンとは逆向き、〈←〉の矢印マークが書かれているのが見えた。

よーし、こんどこそ。ユウはすぐさま駆けよっていった。

大通りのオレンジ・ストリートには、何本もの横道がある。タヌキとキツネはハンバーガー店の先の曲がり角に、こちら向きで突っ立っていた。

てことは、さ。ユウはプラカードの〈←〉を指さして、どちらにともなく質問した。

「これって、ここを左に曲がれっていうこと?」

コクリ、コクリ。タヌキとキツネがなにもいわずに、首をタテにふる。やっぱりそうなんだ。

ユウはいきおいこんで質問を重ねた。

「で? 曲がるとなにがあるのさ?」

こんどは返事があった。どっちも男子声だった。

「あ、興味あるんだ。だったら、いってみればいいよ。」と、タヌキ。

「そうそう。きくより、自分でたしかめてみるのが早いと思うけどな。」と、キツネ。

それもそうだ。なんか知らないけどおもしろそうじゃん。こうなりゃ、きっちり見とどける一手だよな。

「バイバーイ。」

ふたりに手をふると、ユウは横道に踏みこんでいった。

大通りの半分の幅もない道ぞいには、かなり古めのビルが立ちならんでいる。さあて、なにがあるのか……あっ、またいたぞ！　三分ぐらいすすんだあたりで、ユウの視線がべつのモノをとらえた。

ペンギン・タヌキ・キツネのつぎは、ネコだった。

通りの右側にあるビルの入り口に、茶トラの着ぐるみのネコがこっちを向いて立っていた。これまでとおんなじように、両手でプラカードをかかげている。矢印は〈→〉となっている。

ユウはふっと、「だいじょぶなのか、まさかヤバい話とかじゃないんだろうな？」と思ったけれども……よけいな心配だったようだ。さっきは気づかなかったが、よく見るとプラカードの下のほうに「森崎町商店街協賛イベント」という文字があったのだ。

ということは、きょうの「ザ・モリザキ・オータム・フェスタ」の一環なのだ。ユウはほっとして、茶トラのネコに問いかけた。

「えっとぉ……つまり、このビルにはいれってこと？」

すかさず女子声で返事があった。

「にゃーんにゃーん、にゃんにゃんにゃん。」

ネコ語だ。「はーい、そうでーす。」といっている、ような気がする。

うん、了解。

ユウはコクンすると、「森崎町第一ビル」という名前の古いビルに踏みこんでいった。

はいってすぐのところに、三基のエレベーターがならんでいた。右端の一基の前に、こんどは着ぐるみの白ウサギがいた。手にするプラカードには〈↑〉とある。このエレベーターに乗って上にいけ。そういっているのだ。

それはいいけど、さ。ユウはウサギに向かって首をかしげかしげ、

「んーと……何階にいけばいいわけ？」

「そんなの、乗ってみればわかるよっ。」

ウサギが答える。またしても女子声だ。どんな子がなかにいるのかなあと思いつつ、ユウは〈△〉ボタンを押した。とびらがひらく。

箱に乗りこんでみると、ウサギの言葉の意味はすぐにわかった。いちばん上の9階まで、途中

階はぜんぶ通過マークになっていたからだ。

エレベーターが上昇する。

最上階に到着する。

そこはフロア全体が、ひとつのだだっぴろい部屋になっているみたいだった。廊下をはさんだ全面ガラス張りの入り口に、「電子塾本部」というプレートがでている。

そのすぐ下に貼り紙があり、パソコン文字でこうあった。

〈パスワード探偵スクール〉と。

おおっ、探偵スクール！

たちまちユウは、「興味シンシン×２」状態になった。「探偵」ときいてはダマっていられない。昔っからミステリー好きで、とくにシャーロック・ホームズとか明智小五郎とか、「名探偵」が登場する話がお気に入りだったからだ。

わくわくしながらガラスとびらを押す。

目の前にくもりガラスのパーティションが立ちふさがり、その前にスチール製の小テーブルが置かれていた。「来場者名簿」と書かれた用紙とえんぴつがあり、すでに十二人分の署名があった。

いちばん下の「エントリー12」の欄にはこう記入されていた。

〈雪野アイ／聖フローレンス学園小学校5年／11歳〉

聖フローレンス学園小。風浜では四葉女子大付属小と一、二をあらそう、とびっきりのおじょうさま学校だ。

フローレンスの子といえば、ファッションとかショッピングとか、芸能方面にしか興味がないものとばっかり思っていた。「探偵」っていうのはちょっと意外だぞ。などと思いつつ、ユウもカリカリえんぴつをうごかした。

〈夏木ユウ／里見小学校5年／11歳〉

「エントリー13」の欄に書きこみを終え、パーティションをまわりこむ。

フロアの奥とパネル壁で仕切られたスペースがあり、細長い机と椅子がタテに七～八列ならんでいた。男子が五人と女子が七人、思い思いの席についている。

席の真ん前には、百インチぐらいの巨大な液晶モニターがデンと設置されていた。さっきの貼り紙とおんなじ〈パスワード探偵スクール〉の文字が、画面いっぱいにうかびあがっている。

さあて、なにがはじまるんだろう？　ユウは期待に胸をはずませ、最後列にいる女子の左どなりに腰をおろした。

ややあって。

パネル壁の向こう側から長身の女性が姿をあらわした。液晶モニターの横に立って、一同をグルリと見まわす。

す、すっごい美人！

ユウは思わず見とれてしまった。鮮やかなマリンブルーのワンピースに、つやつやした長髪。ファッションモデルか女優みたいなととのった顔立ちをしている。

「やあ、諸君。〈パスワード探偵スクール〉にようこそ！」

ピンクのルージュをひいたくちびるから、すずしい声がこぼれでてきた。

「わたしは電子探偵団団長のネロだ。きょうは『ザ・モリザキ・オータム・フェスタ』のイベントのひとつとして、ここ電子塾本部の特設フロアで、探偵スクールをひらくことにした。」

電子探偵団？　なんだろ、それ、きいたことないけどな？

首をかしげるユウを尻目に、さらに言葉がつづいた。

「ここにあつまってくれたからには、諸君はみな、探偵に興味があるにちがいあるまい。そこでこれから、諸君の探偵力——推理力とパズル力をためしてみたいと思う。まずはペーパー・テスト形式で、初歩的な問題を出題しよう。いわば、朝礼がわりの入学テストだ。いざ、チャレンジしてくれたまえ！」

液晶画面の文字が、〈入学テスト〉と切りかわった。そのタイミングを見はからったかのように、パネル壁のかげから、大通りにいたあのタヌキとキツネがあらわれた。

「みんな、がんばれよお。」

「めざせ、全問正解！」

口々にいいながら、プリントとえんぴつをくばりだす。全員にいきわたったところで、ネロが合図した。

「ではいくぞ。制限時間は二十分だ。テスト、スタート！」

画面に〈20：00〉と数字がうかんだかと思うと……19：59……19：58……19：57……すぐさまカウントダウンがはじまった。

あわわ、いきなりそうきたかあ。ユウはくちびるをとんがらせた。テストっていうのはあんまり好きじゃない。ついこのあいだも国語のテストで五十三点、算数で三十八点だったし。けどこうなったら、なりゆき上、やるっきゃない。

で、どんな問題なんだ？　ユウはプリントをじろじろながめる。

こんな問題だった――。

【Q1】数字パズル

つぎの式はなにを意味しているか？

〈1＋1＝2

1＋1＋1＝3

1＋2＝1

1＋2＋1＝2

11＋12＝3

12＋13＝2〉

【Q2】ひらがなパズル

つぎの□にはいる、ひらがなはなにか？　どういう法則かも答えること。

〈あ・お・す・な・ぬ・ね・の・は・□・ま・み・む・め・ゆ・よ・る〉

【Q3】地名パズル

つぎの県庁所在地名を答えなさい。

1＝太った人が多い市は？

2＝シャレ好きな人が多い市は？

3＝名前をくりかえしているうちに幸せでなくなってしまう市は？

4＝野球のピンチヒッターはイヤだといっている市は？

5＝すぐ名前をたずねられる市は？

6＝タカを見たくてバードウォッチングに行ったのに、なかなか飛んでこない。はやくあらわれないかな、タカ。というのはどこの市か？

7＝この市の景色はすばらしい。逆立ちすると香りもいい。どこか？

【Q4】天秤パズル

ここに8枚のコインがある。このうち1枚はニセモノで、ほかのコインより目方が軽い。どのコインがそうなのか、天秤を2回だけつかって見つけだしなさい。

算数は得意じゃなかったが、はじめの「数字パズル」は見たとたんにピンときた。問題の下の空欄に、ユウはえんぴつで答えを書きこんだ。

【A1】
イコールのあとの数字は、前の式にでてくる〈1〉の数の合計。

このくらいは楽勝だ。けど、つぎの「ひらがなパズル」は……うーん、なんだろう？　五十音の順番でならんでいるのはまちがいなさそうだ。〈あ〉があって、〈い・う・え〉がなくて、〈お〉があって、〈か・き・く・け・こ〉はひとつもなくて、〈さ・し〉がなくて、〈す〉があって

……ああっ、そうか、そういうことか！

カリカリ、カリカリ。ユウは答えを書きこむ。

【A2】
□のひらがなは〈ほ〉。
法則は、線で囲まれた空間がある文字だけを五十音順にならべている。

うん、これでまちがいない。よーし、つぎだ、つぎ。ユウはニンマリして、3問目に取りかかった。

おつぎは「地名パズル」か。地理は好きなほうだし、県庁所在地ぐらいぜんぶいえるけど……

1＝太った人が多い市って、どこだ、それ？　なにか、そういう統計でもあるんだろうか……いや、待てよ、これってひょっとして、なぞなぞ系の問題なんじゃないのか。太った人……体重がある……体に幅がある……その瞬間、ひらめいた！

1がわかると、2〜7もつぎつぎと解けた。ユウはプリントに答えを書きつづる。

【A3】

1＝太った人……横幅……横浜。

2＝シャレコウベ……神戸。

3＝こうふこうふこうふこうふこうふこうふこう……甲府。
、、、、

4＝ピンチヒッターは打つのみ……打つのみヤ……宇都宮。

5＝名は？……那覇。

6＝タカを待つ……高松。
7＝「香りも」が逆立ちすると……も・り・お・か……盛岡。

あはは、おもしろいじゃんか。ほとんどギャグというか、ダジャレの世界だ。あのネロってい
う美人が考えた問題なんだろうか。オシャレだからダジャレも好き……おっと、ンなことといって
る場合じゃなかった。パズルはもう一問のこってたっけ。ユウは〈Q4〉に取りかかる。
ダジャレから一転、こいつはけっこうややこしい問題だった。
天秤をつかうってことは……つまり、おなじ枚数のコインを天秤の両側にのせると、ニセモノ
――軽いコインがどっち側にあるかで天秤の傾きかたがちがってくるわけで……ええと……ユウ
は頭のなかに天秤を思いうかべて謎解きスタートし……ああして……こうして……ああやって
……こうやって……よし、これでOKだぞ！

【A4】
手順はつぎのとおりだ。
8枚のコインをa・b・c・d・e・f・g・hとする。

a・b・cを左側にのせ、d・e・fを右側にのせる。

このとき、つぎの3通りのケースが考えられる。

★ケース1　左側に傾いた場合（図1）——。

ということは右側のほうが軽いわけだから、ニセモノは右側の3枚のコインのなかにあることになる。

そこでdを左側に、eを右側にのせる。

このとき、左側に傾けばeがニセモノ（図2）、右側に傾けばdがニセモノ（図3）、つりあった場合はのこりのfがニセモノ（図4）となる。

★ケース2　右側に傾いた場合——。

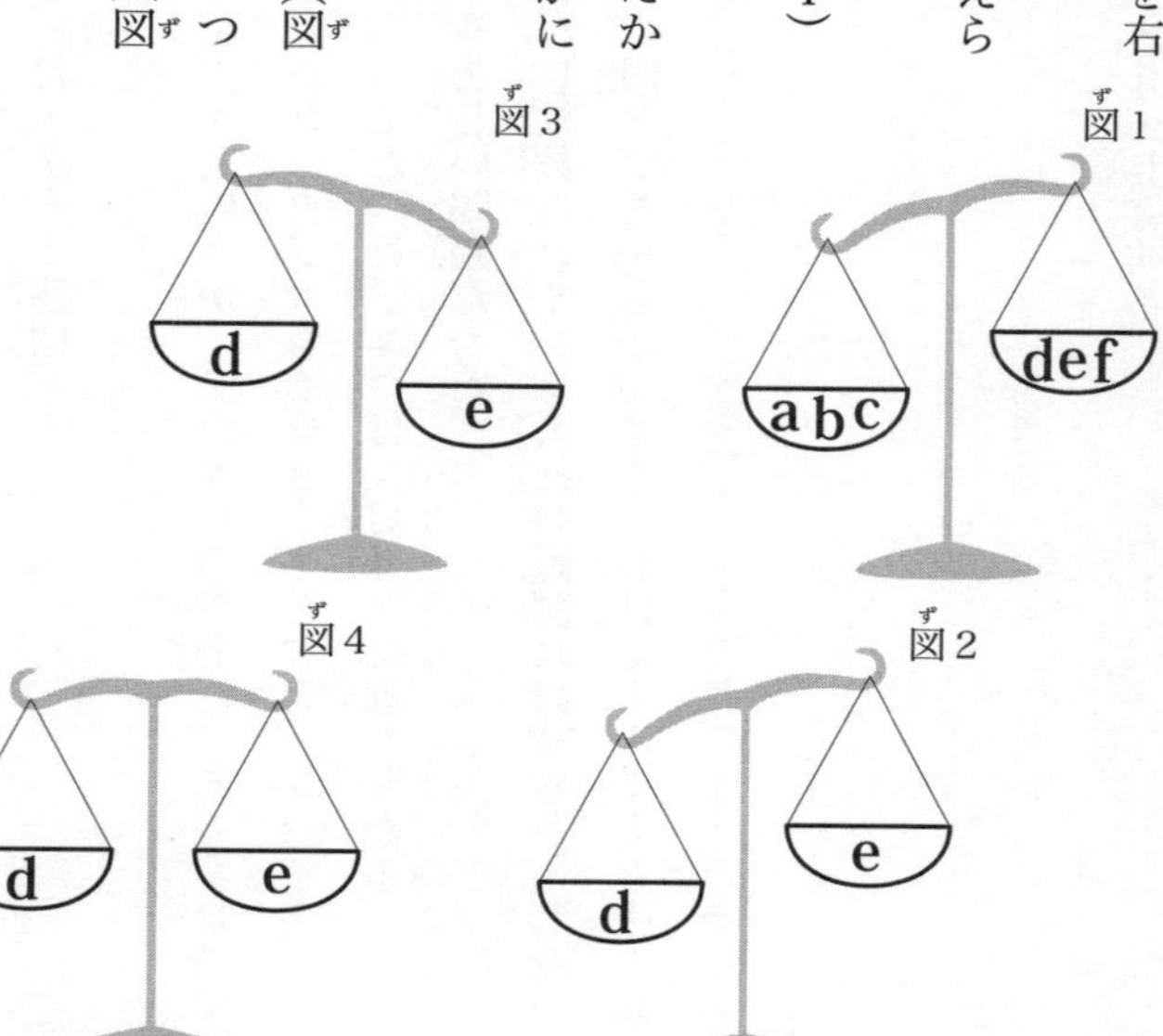

ということは左側のほうが軽いわけだから、ニセモノは左側の3枚のコインのなかにある。

そこでaを左側に、bを右側にのせる。

このとき、左側に傾けばbがニセモノ、右側に傾けばaがニセモノ、つりあった場合はのこりのcがニセモノ。

★ケース3　つりあった場合（図5）――。

ということは、a・b・c・d・e・fのなかにはニセモノはない。

つまり、ニセモノはg・hのどちらかということになる。

そこでgを左側に、hを右側にのせる。

左側に傾けばhがニセモノ（図6）、右側に傾けばgがニセモノ（図7）というわけ

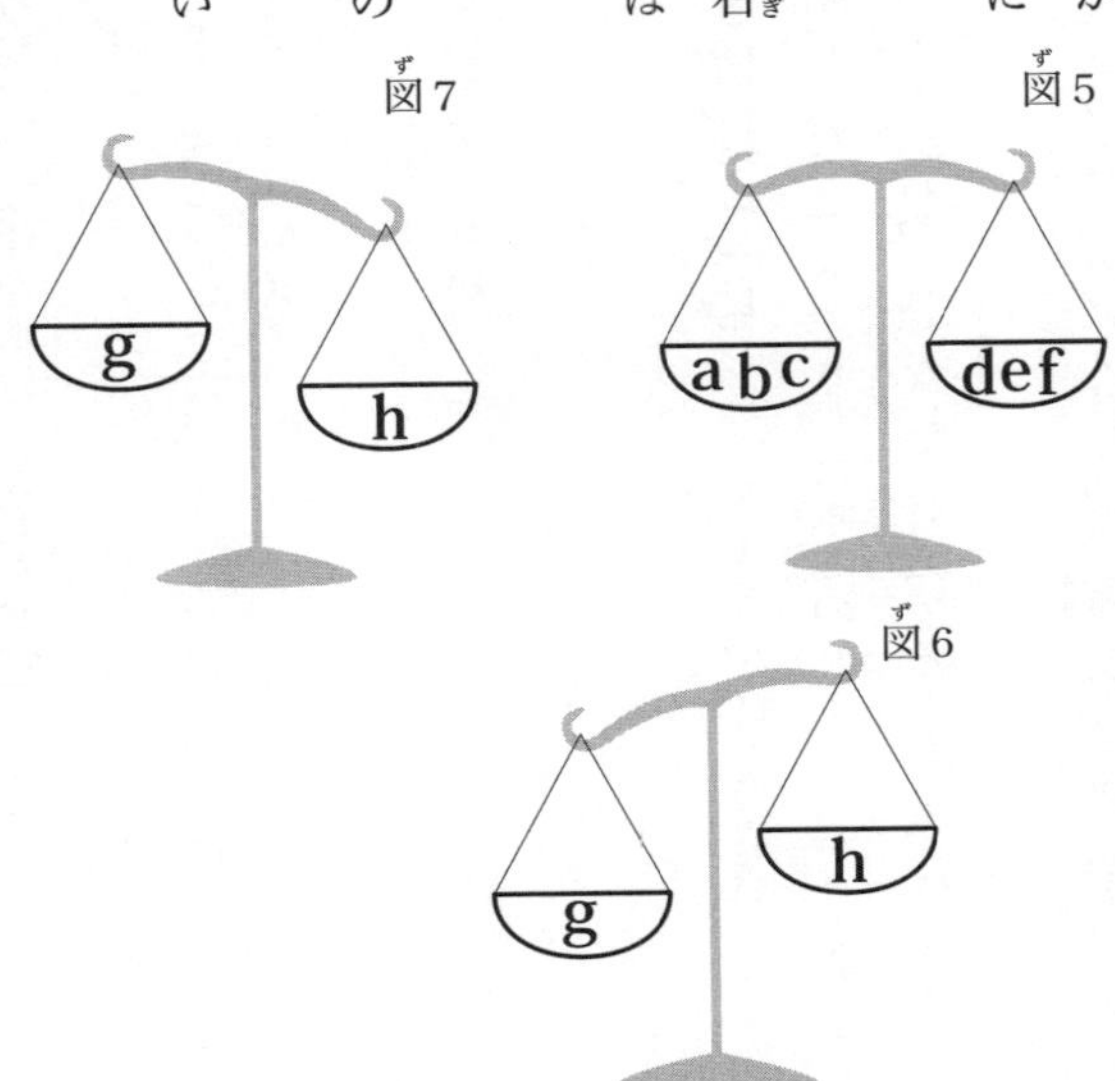

だ。

よしよし、完璧だ。答えを書き終えたユウはパッと手をあげ、鼻高々で宣言した。

「できたっと！」

液晶画面の数字は〈7:18……7:17……7:16〉とうごいている。タイムリミットまで七分をのこして、余裕で終了だ。と、ほとんど同時にべつの声が重なった。

「はーい、できましたあ、ネロさん！」

となりの女の子だった。前の席にすわっている子たちが、

「マジで？」「うそぉ！」

つぶやいては、こっちをふり返る。

おおっ、やるじゃないか！ ユウは思わず横目でチラ見した。耳までかかるさらさらヘアーで、カワイイというよりかボーイッシュな顔立ちだ。ざっくりした木綿のセーターがよく似合っている。ふーん、けっこうタイプかも、この子……おっと、なにを考えてるんだよ、ぼくは。ユウは内心で頭をコツンする。

「ふむ。きみたちは……エントリー13の夏木ユウと、エントリー12の雪野アイか。ずいぶん早

かったな。どれ、さっそく見せてもらおうか。」

いいながら、ネロがふたりのほうに向かってきた。さっきの来場者名簿で、名前は確認ずみだったようだ。

そうなんだ、じゃあ、この子が、フローレンス小の……あんまりおじょうさまっぽくないけどなあ……って、ンなことより、いまはテストの結果だ。ユウはなんだかどきどきしてきた。合ってると思うけど……もしまちがっていたらどうしよう……。

よけいな心配だった。プリントを受けとってその場でチェックをはじめたネロは、

「うむ、全問正解だ。」

大きくうなずくと、ふたりにニコッと笑いかけた。

「おめでとう、ふたりとも。入学テスト、みごと合格だ！」

やったあ！　ユウは小さくガッツポーズした。アイも顔をほころばせている。つづけざまに、

ネロがのこる全員を激励した。

「さあ、ほかの諸君も、負けずにがんばってくれたまえよ。時間はまだまだたっぷりあるぞ！」

《探偵談義その1@ブースA》

「きいてもいいかなあ……雪野さん。」

「アイでいいよ。あたしも夏木くんじゃなくて、ユウって呼ぶから。」

「あ……OK。えっとさあ、アイがいちばん好きな探偵って、だれ？　ぼくはだんぜんシャーロック・ホームズだけどさ。」

「うん、あたしも好きだよ。やっぱりカッコいいものね、ホームズって。推理なんかサエまくりだし。でもでも、もっと好きなのは思考機械かな。」

「思考機械？　そんな探偵がいたんだ？」

「知らなかった？　じつはそれはあだ名で、本名はオーガスタス・S・F・X・ヴァン・ドゥーゼン教授っていうの。」

「うひゃあ、ややっこしい名前だなあ。なんていう本にでてくるわけ？」

「『思考機械の事件簿』っていう短編集。創元推理文庫で、IからⅢまで刊行されてるよ。ユウも読んでみて、ぜーったいおもしろいから。あ、そうだ、よかったら貸してあげよか、あたしの本？」

電子塾本部のだだっぴろいフロアには、ガラス壁で区切られたブースがいくつもある。そのひとつ「ブースA」で、ユウとアイはひざをつきあわせて話しこんでいた。いち早く全問正解したふたりに、

「テストの結果がでるまで、あそこで名探偵論でも戦わせていてはどうかね？」と、ネロが指示。で、さっそく、探偵談義がはじまったのだった。

はじめ、ユウはとまどっていた。初対面の女子とふたりで話をするというので、やはり緊張していたのだけれど……ぜんぜんだいじょうぶだった。アイのいきなりの友だち口調で、ぐっと気が楽になった。で、しぜんに口もなめらかになっていたのだ。

思考機械をめぐるアイの熱弁はさらにつづいた。

「とにかくもう、『超』の字がつくくらい天才的な頭脳の持ち主なんだから、ヴァン・ドゥーゼン教授って。なにしろ……。」

まったくの素人だったチェスのレクチャーをたった一日受けただけで、世界チャンピオンを打ちやぶってしまったり。

絶対に脱獄は不可能といわれる刑務所の独房に、「自分なら、論理的方法で一週間で脱出してみせる。」と宣言してはいったあと、その言葉どおりみごとにでてきてみんなをびっくりぎょうてんさせたり。

「まさに名探偵ちゅうの名探偵って、あたし、そう思うよ。え、作者はだれかって？　ジャック・フットレルっていうアメリカの作家。なんとなんと、あのタイタニック号といっしょに北大西洋にしずんでしまった悲劇のヒトなのでした～。」

ユウは舌を巻いた。

うーん、スゴいんだな、アイって。ほんっとにくわしい。まさか、これほどのミステリー・マニアだとは思わなかったぞ。ぼくもけっこう読んでいるつもりだったけれど、上には上がいるもんだ。いまのぼくのレベルじゃあ、とても太刀打ちできないや。

よーし！

ユウは決心した。こうなったらぼくも、もっともっと、いろんな推理小説を読まなくっちゃ。せめてアイと対等の「探偵フレンズ」になれるぐらいにまで、さ……。

「それはそうと……まだ終わらないのかなあ、テスト。ネロさん、なんにもいってこないけど……。」

ブースの外に目を向けて、アイがぽつっとつぶやいた。そういえばぼちぼち、タイムリミットのころあいだ。

ネロっていえば、さ。

はじめっからずっと頭に引っかかっていた疑問を、ユウはアイにぶつけてみた。

「電子探偵団団長、とかいってたよね。電子探偵団ってなんなんだろ？」

「あ、それならあたし、チラッと耳にしたことあるよ。インターネット上で結成された探偵団で、オンラインでチャットしながら謎解きするんだって。だけじゃなくて、現実の事件も解決しているって。その話、たしか『パスワードシリーズ』っていう本にでてるんじゃなかったっけな……あ、そっか、それでわかったよ。この探偵スクールの名前もそこからきてたんだ！」

へええっ！　アイの説明に、ユウはこんどは「興味シンシン×シンシン×シンシン」になった。その電子探偵団には、団長ネロのほかにどういうメンバーがいるんだろうか？　「現実の事件も解決」って、それはいったいどんな事件なのか？　本に書かれているって？　そいつはぜひとも読んでみたいぞ……。

と、そのとき。

「お待たせした、夏木ユウ、雪野アイ。」

ブースに設置されているスピーカーから、あのネロの声が流れでてきた。

「テストが終了した。ふたりとも、もどってきてくれたまえ。」

【1時間目】暗号通信 by みずき

「あれれっ？」

「あらっ？」

テスト会場にいそいで引き返し、ユウとアイは目をぱちくりさせた。部屋はガラーンとしていた。おおぜいいたメンバーが、たったふたりだけになっていたのだ。

ひとりは、まんまるめがねにおさげ髪の女子。もうひとりは五分刈りの男子だ。ネロが手でしめして、

「あのあと、全問正解したのがこのふたりだ。ほかの諸君は残念ながら不合格で、お引き取りいただいた。それでは、自己紹介してくれたまえ。」

うながされ、ふたりは「はいっ！」と席を立った。まずは、まんまるめがねの子が口をひらいた。

「わたし、大崎みかんっていいま〜す。桃園小学校の五年生で〜す。好きな探偵ナンバーワンは、ジャ〜〜ン、亜愛一郎さんだわ〜！」

擬音入りで気合たっぷりだけど……あ・あいいちろう？　ユウはポカンとした。だれだ、それ？　きいたことない名前だぞ。

「では、ボクの番ですね。」

つづいて、男子のほうが名乗りをあげた。あらためてよく見てみると、あさ黒く日焼けした精悍な顔立ちをしている。スポーツ少年なのかもしれない。サッカーかなにかやってるんだろうか。一瞬、ユウはそう思ったのだが。

「舞毛山小五年の、ソムトウたけるです。母は日本人で、父がタイ人なんですよ。好きな探偵はなんといっても、カール・ブルムクヴィストですね。」

そうなのか。あさ黒いのは日焼けじゃなくて、東南アジア系の血を引いていたからなんだ。ユウは深く納得する。それはいいとして……カール・ブルムクヴィストって、だれだよ？　なんかさっきから、知らない探偵ばっかりでてくるんですけど……。

「あのさっ、みかんとたける、質問いい？」

もうずーっと前から友だちです、というふうなフレンドリーな口調でアイがふたりに問いかけた。

「いまいった探偵、亜愛一郎とカール・ブルムクヴィスト？　あたし、名前は見たことあるよう

な気がするんだけどぉ……ぜんっぜんわからなくって。よかったら、ちょっとレクチャーを……。」

「待ってくれたまえ、アイ。その話は、あとまわしにしてもらえないかね。」

いいかけたアイを片手で制して、ネロが声のトーンを高くした。

「四人の合格者がでたところでいよいよ、パスワード探偵スクールをスタートしたいと思うのだよ。それでは、でてきてくれたまえ、電子探偵団員諸君！」

ネロの合図で、パネル壁の向こうからふたたび、着ぐるみのタヌキとキツネが姿をあらわした。

こんどはふたりきりじゃなかった。

そのあとから、ビルの入り口にいた茶トラのネコと白ウサギ、さらに最初に目にしたつんつん頭のペンギンが登場したのだ。

五人はネロのうしろに横一列にならぶと、

「いち、にの、さん！」

かけ声もろとも、着ぐるみの頭をいっせいに両手ではずした。

タヌキとキツネが男子で、ネコとウサギが女子。それは声でわかっていた。のこるペンギンは……男の子だった。そうかそうか、これが例のネット探偵団――電子探偵団のメンバーなんだ。

ユウはうんうんとうなずく。

五人が順番に口をひらいた。

「こんちくわぶ！　仙崎ダイだい。」と、タヌキの少年がいった。いきなり意味不明なギャグをかましている。

「はじめまして、諸君。ぼくは鳥遊飛鳥という。お見知りおきを。」と、キツネの少年がいった。銀ぶちめがねで、見るからに秀才一直線タイプだ。

「ヤッホー！　あたし、林葉みずき。みんな、しっかり探偵しよっ！　ファイトぉ！」と、ウサギの少女がいった。元気印全開モードになっている。

「はーい、みなさーん。神岡まどかでーす。にゃおにゃおにゃお、にゃおお～ん。」と、ネコの少女がいった。なにいってるのかよくわからないけど、フランス人形みたいな美少女なことだけははっきりわかる。

「ぼく、小海マコト。それじゃあ、いくぞ、みんな。もっとパズル！」と、ペンギンの少年がいった。合格組四人を見つめる目に、熱っぽい光がやどっている。

受けて、ネロがユウ&アイ&みかん&たけるに呼びかけた。

「というわけで、この五人が探偵スクールの講師陣だ。全員中一で、凄腕の探偵ぞろいなんだぞ。これから合計5つの授業があり、さまざまな問題が出題される。みんな、がんばって謎解きしてくれたまえよ。では、さっそくはじめよう。」

ジリリリーン！

ベルの音が鳴りひびいた。それが合図だったようだ。ネロをはじめ、ダイ・飛鳥・まどか・マコトがつぎつぎと退場する。

ひとりだけのこったみずきが、ウサギの胴体をぬぎすてた。ジージャンにジーンズのかざりけのないファッションが、ショートヘアできりっとした表情とよくマッチしている。

「1時間目はあたしの担当なんだ。探偵にはぜーったいに欠かせない基本ちゅうの基本問題を、どんどんだすからねっ。どういう問題かっていうと……。」

いったん言葉を切ったあと、みずきは全員をながめまわし楽しそうに告げた。

「題してズバリ、暗号通信だよっ！」

☆

「さっきのネロの入学テストで、〈ひらがなパズル〉があったじゃない。似たような問題を1問、あたしも出題するねっ。これ、暗号とはちがうんだけど、まっ、小手しらべってことで。いくよっ。」

みずきが、手にするリモコンのスイッチを操作した。百インチの液晶画面に、こんな文字がうかびあがってきた。

【Q5】ひらがなパズル2
つぎの□にはいるひらがなと、その理由を答えなさい。
〈く・し・そ・つ・て・の・□・へ・る・ろ・ん〉

えーと、これは……ああ、なんだ、かんたんじゃないか。ユウは「はーい！」と手をあげる。

同時に三つの声が重なった。

「わかったよ！」と、アイ。

「解けました～！」と、みかん。

「ピカリ、です！」と、たける。ひらめいた、といっているようだ。

「早っ。さすがだねっ、みんな。それじゃ、ユウ、答えは？」

みずきに指名されて、ユウはスバヤク答えを告げた。


【A5】

□のひらがなは〈ひ〉。
五十音の順番で、すべて画数が一画のひらがな。


「うふふ、このくらいは楽勝だよね。けど、つぎはそうはいかないからねっ。覚悟覚悟！」

四人を見まわす講師・みずき先生の目が「ギラリン！」と光った。

「ではでは、いよいよ暗号通信、第1問っと。みんな、よーく考えてよっ！」

その言葉とともに、液晶画面に問題が表示された。

【Q6】謎の十二文字
つぎの文を解読して、その質問に答えなさい。
〈ゑうさもねむおけほせれを？〉（ヒント＝色は苺の前うしろ）

な、なんだ、こりゃ？

ユウの目が点になった。またしても、ひらがながズラッとならんでいる。けど、五十音順とひと目でわかったさっきの配列とはちがって、これはまったく意味不明だ。「謎の十二文字」としかいいようがない。

むむむ、どうやって解読するのか？

ユウは腕組みして、じーっと画面にながめいった。最後に「ヒント」とあるけれども……ヒントそのものの意味がさっぱりわからない。

色は苺？

苺の前うしろって……うーん、まいったな、解けそうにないぞ……うーん、うーんうーん……。

「ちょっといい？　ヒントの〈色は苺〉、だけどさあ……。」

頭をかかえこんだユウを尻目に、アイがいった。

「苺の色は〈赤い〉でしょ。で、その〈前〉と〈うしろ〉っていうんだから、〈あ〉と〈い〉で、つまり、あたしの名前〈アイ〉なんて……そんなわけないか、あははは。」

あ、あのねえ。

ユウは倒れそうになった。アイって……だから、なんなんだってば？

「待って待ってえ、アイ。〈苺〉はおいといてえ……。」

つづいてみかんが、両手でおさげ髪をいじりながら、

「わたしそれよりも、〈色は〉が気になるわ。これってもしかして、〈いろは〉じゃないのかしら～。さっきの問題は五十音だったでしょう。だったらこっちは、〈いろは〉をつかって解読するとか。うん、きっとそうよ。ほら〈ゑ〉なんて文字がはいってるんだから、そうにちがいないわ～。ただ、どういう法則かはわからないんだけども～、わたし……。」

「ははあん、そうでしたか。ボク、それで、わかったような気がします。」

ひざをパシパシたたいて、こんどはたけるが発言した。

「〈苺〉は、〈1・5〉ではないのでしょうか。〈前うしろ〉というのは、つまり〈いろは〉の順番で、最初はひとつ前の文字、つぎは五つうしろの文字、そのつぎはひとつ前の文字、という具合に置きかえて読むんですよ。実際にやってみましょうか。ええと、なにか書きとめるものがほしいですね。」

「ふふふっ、そういうだろうと思ったよ。はい、コレつかって。あ、そうそう、いろはの表は書

かなくってもいいからねっ。」

メモ帳とシャーペンを四人にくばってから、みずきはリモコンのボタンをピッと押した。画面がこう切りかわった。

いろはにほへと
ちりぬるをわか
よたれそつねな
らむうゐのおく
やまけふこえて
あさきゆめみし
ゑひもせすん

ペコリ。たけるが一礼して、
「ありがとうございます、みずき先生。それでは、解読をスタートします。」
液晶画面の〈いろは〉を指で数え数え、置きかえた文字をメモ帳に書きつけていった。

「はじめの文字は〈ゑ〉ですから、1文字前は〈し〉になりますね。つぎは〈う〉なので、5文字うしろは〈や〉です。そして三番目の〈さ〉は……。」

三分後、全文の解読が終了した。

【A6】解読文は、

ゑうさもねむおけほせれを？

←←←←←←←←←←

〈しやあろつくのあにはたれ？＝シャーロックの兄はだれ？〉

となる。シャーロックはもちろん、シャーロック・ホームズのことに決まっている。なので、正解は〈マイクロフト〉だ。

ちなみに、七つ年上の兄・マイクロフトは『ギリシャ語通訳』で初登場。たまたま通りかかった男を見てホームズと白熱の推理合戦を展開するシーンは、あっとオドロくことうけあいである。

おおっ！

ユウは感嘆・驚嘆してしまった。な、なるほど、そうやって解読するのか。よくも見やぶったもんだなあ。名探偵の素質、十分なんじゃないのか。ソムトウたける、おそるべし！

「そっかあ。やるじゃん、たける！」

「すご〜い。えら〜い。頭い〜い。」

アイがみかんが、たけるにソンケイのまなざしを向けて口々に絶賛する。

「よくできました、花マルっと！」

みずきが右手の親指と人さし指で「〇」をつくって、

「たけるがいったように、これはつたえたい文の文字を、べつの文字に置きかえたものだよねっ。字を換える。なのでこういう暗号を〈換字式〉って呼ぶんだ。いまの場合は1前・5後・1前・5後……の順で置きかえたわけだけど……。」

たとえば2・4・6・8……なんてふうに偶数順にするとか、今年の年号の数字順にするとか、方法はいろいろ考えられる。なんにしても、手がかりになる数字を知らなければまず解読できないわけで、暗号の基本といってもいいだろう。

ただしこの例のように、ある文字を単にべつの文字に置きかえるというやりかたがすべてではない。換字式にはもっと複雑な方法もある。〈換字表〉をつかう暗号だ……。

「って、論より実例でしめすからねっ。はい、これは、わかるかな？」

みずきがリモコンボタンを押す。さっきの〈いろは〉の表の上に、こんな問題が画面表示された。

【Q7】色色な暗号
つぎの文を解読すると、推理小説にまつわるある問題になる。その答えはなにか？
〈橙紫・藍紫・青青・赤赤・赤緑・紫藍・青黄・紫藍・赤黄・赤赤・橙赤・青橙・赤赤・緑青・青青・緑青・赤黄・橙青・赤紫・青青・赤緑・橙紫・緑紫・紫青？〉

「うひゃあ！」

「どひゃあ！」

アイとみかんが声をそろえた。

「ぶひゃあ！」と、ユウもあやうくさけびそうになって、寸前で思いとどまった。問題文にいちいちたまげていちゃあダメだろが。そんなヒマがあったら、解読に集中しなくっちゃな。

とはいえ。

右に左に、ユウは首をひねった。色の文字だけでできたこの暗号。いわば、「色色な暗号」といったところだ。ホントに解読できるんだろうか、こんなヘンなの……おっとそうだ、ヤツはどうなんだ？

顔をうしろに向けて、たけるのほうをチラ見する。さしもの「名探偵」も、こんどはコマった表情になっているのがわかった。

よーし！　ユウは燃えた。こんどはこっちの番だ。ぜーったいに、先に謎解きしてみせるぞ！

机に身を乗りだして、もういちど画面をながめる。色の種類は、橙・紫・藍・青・赤・緑・黄……これで、すべてのようだ。ぜんぶで七色ある。

七色？

ピカピカピカッと、ユウの頭にひらめくものがあった。

七色といえば、まっ先に連想するものがあるだろう。そう、虹だ。虹の色は外側から順番に、赤・橙・黄・緑・青・藍・紫。そして暗号文はまさに、このうちの二色の組み合わせでできている。ということは……えーと、どうすればいいのか……ん、ちょっと待てよ……あっ、わかった、これだ、これ！

暗号文の下側に消えずにのこっている〈いろは〉の表が、ふとユウの目にうつって……その瞬間、気がついた。

「はいっ、みずき先生！　換字表をつかう暗号っていったよね。その表って、〈いろは〉と〈虹の七色〉でつくるんじゃないの？」

そうときいてほかの三人がいっせいに、疑問ボイスで反応した。

「へっ？」と、アイ。

「はあ？」と、みかん。

「なんですか？」と、たける。

みずきがこんどは、両腕で頭の上に大きな「〇」をつくった。

「うん、正解！　そこまでわかればもう、解読できたも同然かな。ＯＫ、みんな、ちょっとこれを見てっ。」

画面の〈いろは〉の表が、こんなふうにチェンジした。

↴	赤	橙	黄	緑	青	藍	紫
赤	い	ち	よ	ら	や	あ	ゑ
橙	ろ	り	た	む	ま	さ	ひ
黄	は	ぬ	れ	う	け	き	も
緑	に	る	そ	ゐ	ふ	ゆ	せ
青	ほ	を	つ	の	こ	め	す
藍	へ	わ	ね	お	え	み	ん
紫	と	か	な	く	て	し	

「これが換字表ってわけ。それじゃあ、ユウ、答えをいってみてくれる？」

うながされて、ユウは正解を告げた。


【A7】

〈赤赤〉は〈い〉、〈赤橙〉は〈ろ〉、〈赤黄〉は〈は〉という具合に、横軸・縦軸の色の組み合わせで文字をしめしている。この法則で暗号文を読んでいくと――。

〈か・し・こ・い・に・ん・け・ん・は・い・ち・ま・い・の・こ・の・は・を・と・こ・に・

か・く・す？＝かしこい人間は一枚の木の葉をどこにかくす？〉

これはチェスタトンの推理小説『折れた剣』（『ブラウン神父の童心』に収録）にでてくる有名な一節で、「森にかくす」が答えだ。

「ははあ、そういうことでしたか。すごいな、ユウ。脱帽です。」

たけるが賛辞をおくってきた。

「へえええ……。」

「ふううん……。」

女子組ふたりは感心顔になっている。

「じつはこのチェスタトンの問題って、ネロが〈電子探偵団入団資格テスト〉で出題したものなんだ。もう、ずいぶん昔の話だったっけな。あたしたち、まだ、小五になったばっかりで……。」

どこかなつかしげな口調で、みずきがつぶやいた。てことは、と、ユウは思った。結成されてもう三年目になるんだ、電子探偵団って。いったいどんな事件を手がけてきたんだろうか。いちどゆっくり、話をきいてみたいもんだな……。

みずき先生が「授業」を続行した。

「なーんて話はともかくとして、換字表にはもっといろんなパターンがあってさ……。」

いまの「色」のかわりに漢字の「部首」をつかい、いろは表の横軸を「へん」、縦軸を「つくり」にした〈忍びいろは〉という暗号がある。つまり一個の漢字で、〈い・ろ・は……〉をあらわすことができるわけだ。

おなじ〈いろは〉をつかう暗号でも、「色」にあたる部分をかえればまたべつのものができる。たとえば、干支と漢数字をつかったこんなの――。

↓	一	二	三	四
子	い	わ	ゐ	さ
丑	ろ	か	の	き
寅	は	よ	お	ゆ
卯	に	た	く	め
辰	ほ	れ	や	み
巳	へ	そ	ま	し
午	と	つ	け	ゑ
未	ち	ね	ふ	ひ
申	り	な	こ	も
酉	ぬ	ら	え	せ
戌	る	む	て	す
亥	を	う	あ	ん

「ねっ。これだと〈い〉は〈一子〉、〈か〉は〈二丑〉、〈お〉は〈三寅〉、〈め〉は〈四卯〉……で、ぜんぜんちがう表現になるでしょっ。いろはのかわりに五十音表をつかう方法も可能だから、いくらでも考えられるじゃない。ひらがなだけじゃなくって……。」

アルファベットでもOKだ。アルファベット方式の換字表で有名なものに、〈ポリュビオスの表〉がある。こういうやつだ——。

↱	1	2	3	4	5
1	a	f	l	q	v
2	b	g	m	r	w
3	c	h	n	s	x
4	d	ij	o	t	y
5	e	k	p	u	z

「これだと〈a〉は〈11〉、〈b〉は〈21〉、〈c〉は〈31〉……要はアルファベットはすべて、二ケタの数字に置きかえられちゃうわけね。アルファベットの換字表はほかにもあってさっ……。」

たとえば〈フリーメーソンの暗号〉とか、〈シーザーの換字表〉とか、超難解な〈ヴィジュネルの多表式暗号〉とか、いろいろある。ここでは説明しないので、くわしく知りたい人は暗号研究家・長田順行氏の著書『ワンダー暗号ランド』（講談社文庫）や『推理小説と暗号』（ダイヤモンド社）ほか、暗号関連の本をチェックしてほしい。

そうそう、ひとついいわすれたことがあった。換字式といっても、いつもいつも「文字」や

「数字」とはかぎらない。暗号文を「記号」に置きかえるやりかたもある。

有名な〈モールス符号〉がそうだ。〈・〉と〈─〉のふたつの記号だけで暗号文をつくる。「アルファベット方式」の場合、〈S〉は〈・・・〉、〈O〉は〈───〉だから、〈・・・───・・・〉で〈SOS〉となるわけだ。また「いろは方式」をつかう場合は、文字の数が多いぶん、暗号文はもっと複雑化することとなる。

ほかにも気象記号、地図記号、音符&音楽記号などなど、つかえる記号はいろいろ考えられる。

「絵」にするのも、もちろんありだ。ホームズの『踊る人形』が代表例といっていいだろう。ここではそれにならって、オリジナルの「絵暗号」を考えてみたい。手っとり早いところで、パスワードシリーズにでてくるキャラの似顔絵をつかうと──。

換字式暗号　～似顔絵バージョン～

A＝ネロ　B＝マコト　C＝飛鳥　D＝ダイ　E＝みずき

F＝まどか　G＝たまみ　H＝アイザック　I＝マコトパパ　J＝マコトママ

K＝竜子　L＝京香　M＝ジンさん　N＝内山刑事　O＝今泉純

P＝森下のぞみ　Q＝古木慎吾　R＝千吉じいさん　S＝吉田ケン　T＝田中一茶

U＝八木リカ　V＝阿部薫子　W＝数奇屋五郎　X＝団おじさん　Y＝十六夜おばば

Z＝時田ススム

「……って決めた場合、みんなの名前を暗号化してみよっか。ほら、こうなるよっ！」

似顔絵バージョンの換字式暗号が、画面に表示された。こんなふうに——。


ユウ（YUU）＝

アイ（AI）＝

みかん（MIKAN）＝

たける（TAKERU）＝

「あはははっ、おもしろーい！」

「わあっ、いいわねいいわね〜、この暗号！」

アイとみかんはウケまくっている。たけるが冷静に口をはさんだ。

「ええ、本当に。顔スタンプでも用意しておけば、押すだけでどんどん暗号ができます。」

ふむ、たしかにおもしろい……待てよ、ならばいっそのこと。ユウはふっと思った。絵暗号というのなら、ズバリ、「世界の名画暗号」なんていうのはどうだろう。ピカソがA、ゴッホがB、ムンクがC……というふうにそれぞれの絵をならべていく。まるで美術カタログみたいで、暗号とはだれも思わないかも……。

みずきが壁の時計をチラッと見上げて、あせり顔になった。

「あっと、いっけない。レクチャーが長くなりすぎちゃったよ。そろそろ先にすすまないと、時間がなくなっちゃう。つぎの問題、いくよっ。こんどはべつのタイプの暗号だから、そのつもりでねっ。」

ピッ。リモコンの操作音とともに画面がチェンジした。液晶画面にうかんできたのは、こんな問題だった。

【Q8】デタラメな暗号

つぎの暗号文を解読して、その質問に答えなさい。

〈だなされなゃそはっしのたくもてくいし?〉

ヒント＝4 8 14 5 10 17 1 18 11 2 13 12 9 6 3 15 7 16

一文字一文字、ユウは暗号文を目で追っていった。冒頭の「だなされなや」は、「息子や孫を名乗るニセ電話にだまされるなよ。」といっているとか……ンなわけないよな。はっきりいって、文字がデタラメにならんでいるとしか思えない。「べつのタイプの暗号」とみずき先生はいってたけれども、いったいどうちがうのか？

いや、待てよ。

もしかしてこれは、文字を置きかえるのではなくて、文字の順序を入れかえるんじゃないのか……と、そこまで考えたとき。

「は〜い！　わたし、わかったわあ！」

みかんが元気よく挙手して、答えを口にした。

【A8】

暗号文の文字は18個。そしてヒントの数字もやはり18個だ。

そこで、左横の数字がしめす順番に文字を入れかえてならべていく。

4	だ
8	な
14	さ
5	れ
10	な
17	や
1	そ
18	は
11	っ
2	し
13	の
12	た
9	く
6	も
3	て
15	く
7	い
16	し
	？

1は「そ」、2は「し」、3は「て」、4は「だ」、5は「れ」……どんどんつづけていくと、結果はつぎのような文になる。

〈そしてだれもいなくなったのさくしゃは？＝『そして誰もいなくなった』の作者は？〉

なので答えはトーゼン、アガサ・クリスティだ。


「やったねっ、みかん！」

アイがうしろをふり向いて、おさげ髪のかかる肩をポンポンたたいた。

となりの席のたけるは親指を立てて、「いいね！」サインを送っている。

ユウも両手で「拍手パチパチ」ポーズをとった。ぼくもほとんどわかりかけていたんだけど、タッチの差で負けてしまった。たいしたもんだな、みかん。

「やだあ、たまたまよ〜。わたし、たまたま気づいただけだわ〜。」

口ではそういいつつも、まんまるめがねの奥のみかんの目に、「どうよどうよ、えっへんえっへん！」といいたげな強い光がやどっている、ように見える。

「いいかな、みんな。もういわなくてもわかるよねっ、この暗号の解きかた。文字の順序をならべかえる。こういう方式の暗号を〈転置式〉っていうんだ。」

みずきが解説をはじめる。

換字式とならんでこの転置式もまた、暗号の基本といってもいい。文字の前後が入れかわっただけで、文の意味がまったく通じなくなってしまうのだ。

いまの問題は十八文字もあったから、けっこうフクザツだった。数字のヒントなしでは、解読困難だったかもしれない。

しかしながら、もっと少ない文字数でも、案外わからなくなるものだ。

「ためしにこれを見てくれる？　さあて、わかるかなっ？」

だしぬけに、みずきはこんなのを出題した。

【Q9】おかしな言葉
以下の言葉はそれぞれ、ある人名をしめしている。だれか？

1＝雪撃つな。

2＝気合いの湯。

3＝御神酒お燗さ。

4＝樽向け塗装。

むむむ、人名をしめしているっていわれてもなあ。ユウは肩をすくめた。どれもおかしな言葉ばっかりだ。いや、3はわかる。「酒はお燗して飲むのがうまい。」って、よく父さんがいってるもの。4は……樽をつくるため板に色を塗る？　よくわからん。

「ああ、なーんだ。きゃはははは！」

トツゼン、アイが吹きだした。

「やだ、これ、あたしたちみんなの名前じゃん。ほらあ、見て見て。」

全員をうながして、アイはメモ帳に書きこみをはじめた。ユウは横から、みかんとたけるは身を乗りだしてうしろからのぞきこむ。

【A9】

1＝ゆきうつな……なつきゆう……夏木ユウ。

2＝きあいのゆ……ゆきのあい……雪野アイ。

3＝おみきおかんさ……おおさきみかん……大崎みかん。

4＝たるむけとそう……そむとうたける……ソムトウたける。

なるほど。みんな了解顔になる。みずきが解説をつづけた。

「これは【Q８】みたくデタラメな文じゃなくて、ならべかえてもちゃんと意味が通るよね。ま、少しムリやりなのもあるけど、それはおいといて。こういうのを〈アナグラム〉っていうんだ。これこそいちばん暗号らしい暗号――ザ・キング・オブ・暗号って、あたし、そう思ってるんだよっ。さっそく挑戦してもらおうっと。はいっ、これ！」

液晶画面に、ズラズラズラッと文字がうかびあがった。

【Q10】アナグラムでタイトル・その1
以下は、シャーロック・ホームズ作品タイトルのアナグラムである。もとの題名はなにか？

1＝メレンゲ赤い。

2＝ノリ食うて写真築地。

3＝おれナッツ飲むポン。

4＝あ、坊やの危険。

5＝ひゅう、のろい危険。

12＝ボコるバー。
13＝天体の皮疹。
14＝あ、クマの足
15＝囲碁の検事さ。
16＝移転の鬼だ。

6＝メッツの遺書よ。
7＝今日の蓋に。
8＝始祖婆。
9＝ん、二三でガブリ。
10＝ノラもヒマだ。
11＝魔法キリンの背座。
12＝ボコるバー。
13＝天体の皮疹。
14＝あ、クマの足。
15＝囲碁の検事さ。
16＝移転の鬼だ。

あはは、こりゃあおもしろい！　ひと目でわかるのがいくつかあるぞ。ユウは解読気分まんまんになった。

ほかの三人もそうだったらしい。パンと手を合わせて、アイがいいだした。

「1から順に解読していかない？　わかった人から、口でいっていけばいいよね。」

「さんせーい！」

「承知です〜！」

みかんもたけるも同調する。アイが口火を切った。

「じゃ、いいだしっぺのあたしから、やるよっ。まず、1だけどぉ……。」


【A10】


1＝メレンゲ赤い……めれんげあかい……あかげれんめい……『赤毛連盟』。（アイ解答。「赤いメレンゲってちょっとブキミかも。」）

2＝ノリ食うて写真築地……のりくうてしゃしんつきじ……うつくしきじてんしゃのり……『美しき自転車乗り』。（ユウ解答。「なんでここで築地の写真がでてくるのか、謎だ！」）

3＝おれナッツ飲むポン……おれなっつのむぽん……むっつのなぽれおん……『六つのナポレオン』。（たける解答。「ナッツを飲んだりしていいんでしょうか？」）

4＝あ、坊やの危険……あぼうやのきけん……あきやのぼうけん……『空屋の冒険』。（みかん解答。「坊やにどんな危険がせまってるのか、気になります〜。」）

5＝ひゅう、のろい危険……ひゅうのろいきけん……ひいろのけんきゅう……『緋色の研究』。（たける解答。「これは高速道路かなにかの話ですか？」）

6＝メッツの遺書よ……めっつのいしょよ……よっつのしょめい……『四つの署名』。（ユウ解答。「大リーグのメッツ？　遺書って……意味不明だけど、おもしろいからいいか。」）

7＝今日の蓋に……きょうのふたに……きょうふのたに……『恐怖の谷』。（アイ解答。「なにがくっついてたんだろ、きょうのフタには？」）

8＝始祖婆……しそばあ……そあばし……『ソア橋』。（アイ解答。「人類の祖先のおばあさんのことかな？」）

9＝ん、二三でガブリ……んにさんでがぶり……さんにんがりでぶ……『三人ガリデブ』。（たける解答。「なにをガブリするのか気になります。りんご？　それともおにぎり？」）

10＝ノラもヒマだ……のらもひまだ……まだらのひも……『まだらの紐』。（みかん解答。「わたしんちの近くに、いっつもヒマそうにしてるノラネコがいまーす。」）

11＝魔法キリンの背座……まほうきりんのせざ……まざりんのほうせき……『マザリンの宝石』。（ユウ解答。「このアナグラム、いちばんできがいいんじゃないのか。」）

12＝ボコるバー……ぼこるばー……ぼーるばこ……『ボール箱』。（アイ解答。「暴力バーのことかな、あははっ。」)

13＝天体の皮疹……てんたいのひしん……ひんしのたんてい……『瀕死の探偵』。(たける解答。「宇宙の表面でなにか異変でも起きているのでしょうか……そういえば、重力波の観測に成功したんでしたよね。」)

14＝あ、クマの足……あくまのあし……『悪魔の足』。(みかん解答。「アナグラムっていうより、そのまんまじゃない〜？」)

15＝囲碁の検事さ……いごのけんじさ……さいごのじけん……『最後の事件』。(ユウ解答。「いそうだよな、囲碁の強い検事ってさ。」)

16＝移転の鬼だ……いてんのおにだ……だいにのおてん……『第二の汚点』。(アイ解答。「鬼の引っ越し屋さん？　力持ちでたよりになるかも。はいっ、これで終了でーす。


タイトル名は翻訳だから、本によってもちがうけれど、全部、シャーロック・ホームズ作品だ。

やったやった。きっとホメてくれるよな、みずき先生。ユウは期待したのだが……そうでもなかった。軽くうなずいただけで、みずきはさらに出題をつづけた。

「アナグラム暗号、もうちょっといくよっ。ホームズものじゃなくって、おつぎは古今東西の小説タイトルあれこれ！」

画面がまたまた切りかわって……こうなった。

【Q11】アナグラムでタイトル・その2

前問と同様、もとのタイトルはなにか？

1＝行くな持ったなそれ出して。

2＝語録白いドア。

3＝輪のヒゲ、粋。

4＝ゾロの麻婆な牛。

5＝どうにかせん。

6＝意地か素麺十人。

7＝後藤、文句。

8＝賊の一味ケガ縫い。

9＝アリの寿司、岐阜の肉。

10＝青菜が詩人さ。
11＝謎の罪の日は。
12＝来ない駅。
13＝あ、あの下巻。

こんどは13問だ。みずきが口をだした。

「ちょっとだけヒント。1〜4は外国の、5〜8は日本の推理小説ね。そして9〜13は、ミステリーじゃなくてフツーの小説。世界の名作っていったほうがいいかな。じゃ、みんな、レッツ解読！」

よーし、やるぞ！　四人はさっきのように手分けして解読に取りかかった。

【A11】

1＝行くな持ったなそれ出して……いくなもったなそれだして……そしてだれもいなくなった……『そして誰もいなくなった』アガサ・クリスティ作。（アイ解答）

2＝語録白いドア……ごろくしろいどあ……あくろいどごろし……『アクロイド殺し』アガサ・

クリスティ作。（みかん解答）

3＝輪のヒゲ、粋……わのひげいき……わいのひげき……『Yの悲劇』エラリイ・クイーン作。（ユウ解答）

4＝ゾロの麻婆な牛……ぞろのまーぼなうし……ろーまぼうしのなぞ……『ローマ帽子の謎』エラリイ・クイーン作。（たける解答）

5＝どうにかせん……にせんどうか……『二銭銅貨』江戸川乱歩作。（たける解答）

6＝意地か素麵十人……いじかそうめんじゅうにん……かいじんにじゅうめんそう……『怪人二十面相』江戸川乱歩作。（ユウ解答）

7＝後藤、文句……ごとうもんく……ごくもんとう……『獄門島』横溝正史作。（みかん解答）

8＝賊の一味ケガ縫い……ぞくのいちみけがぬい……いぬがみけのいちぞく……『犬神家の一族』横溝正史作。（アイ解答）

9＝アリの寿司、岐阜の肉……ありのすしぎふのにく……ふしぎのくにのありす……『不思議の国のアリス』ルイス・キャロル作。（アイ解答）

10＝青菜が詩人さ……あおながしじんさ……あしながおじさん……『あしながおじさん』ウェブスター作。（みかん解答）

11＝謎の罪の日は……なぞのつみのひは……ひみつのはなぞの……『秘密の花園』バーネット作。（ユウ解答）

12＝来ない駅……こないえき……いえなきこ……『家なき子』マロ作。（たける解答）

13＝あ、あの下巻……ああのげかん……あかげのあん……『赤毛のアン』L・M・モンゴメリ作。（アイ&みかん同時解答）

今回は四人のコメントはなしだ。受けて、みずきがいった。

「大正解！　なんてふうに、アナグラム＝転置式暗号は、その気になればいくらでもできる。みんなも、いろいろ考えて楽しんでみてよねっ。というところで……。」

レクチャー終了かあ。

ユウはなんだか物足りなかった。みずき先生の暗号授業、もっとききたかったんだけどな……と思ったら、終わりじゃなかった。

「つぎの問題、いきまーす。換字式と転置式は暗号の基本。あたし、そういったよねっ。だけど……。」

そのどちらにも属さない暗号というのは、それこそ無数にある。「暗号道」は奥が深いのだ。

このあとは、そういうのをびしばしだしてみるから、諸君、がんばって解読してくれたまえ。

目をまたまた「ギラリン！」とさせて、みずきが出題スタートした。

【Q12】四文字のひみつ
以下の文字はどういう意味か？

1＝たちつと・ざずぜぞ。

2＝らりるれ・かきけこ・だぢづど。

3＝まみめも・きくけこ・さすせそ・びぶべぼ。

4＝ひふへほ・りるれろ・がぎぐげ。

5＝さしすせ・にぬねの・あいうお・いうえお・らりるろ・びぶべぼ・あいえお・らりるろ・あうえお。


またまた、ひらがなが行列している。おやっ？　ユウは目をみはった。よく見ると、どれも四文字でひとつのブロックになっている。タイトルをつけるとしたら、「四文字のひみつ」というところか。えーと、これは……どうやるんだろう？

考えるまでもなかった。一拍おいて、たけるが挙手したのだ。

「どれもこれも、五十音の各行から一文字がなくなっていますね。ということは……。」


【A12】


1は、〈て〉と〈じ〉がないから、てじなし（手品師）。

以下、おなじように解読していくと――。

2は、ろくでなし。

3は、むかしばなし（昔話）。

4は、はらごなし。

5は、そなえあればうれいなし（備えあれば憂いなし）。以上。


たけるは一気に正解をいった。みごとな答えっぷりに、ユウもアイもみかんも感心するばかりで言葉もない。みずきがコクンコクンうなずいて、

「オッケーオッケー。その調子でつぎのも、チャチャチャッとやっつけてくれるかな。はい、これ！」

【Q13】ミステリー通からの手紙

中東の取材からもどった久保左内は、首をひねっていた。友人でミステリー・マニアの森内緑から、こんな手紙がとどいたのだ。

〈あくなもたはぼありふさがうちにみすくたんもりにいぼってこうられさましちたみね。〉

そのあとに、追伸としてこう書かれていた。

〈どう、わかる？　ヒントは、わたしたちふたりの名前よ。〉

そういうからには暗号にちがいない。ちんぷんかんぷんな顔の久保左内にかわって、みごと解読してくれたまえ。

久保左内ばかりではなく、ユウにも「ちんぷんかんぷん」だった。さすがのたけるも、「？？」と顔に書いてある。そのとき、女子組がさけんだ。

「そっか、森内緑だよね！」と、アイ。

「それと、久保左内だわ〜！」と、みかん。

ユウもたけるもきょとんとなった。へっ、なにいってるんだ、ふたりとも？

「だからあ、もりうちみ〈どり〉なんだってば。〈も〉と〈り〉と〈う〉と〈ち〉と〈み〉を、文からトルわけ。」

「それと、くぼさ〈ない〉。つまり〈く〉と〈ぼ〉と〈さ〉がないのよ〜。その合計八文字をはずして読めばいいんだわ。そうすると〜……。」

ふたりは声をそろえて、正解を口にした。

【A13】

〈あ・な・た・は・あ・ふ・が・に・す・た・ん・に・い・っ・て・こ・ら・れ・ま・し・た・ね……あなたはアフガニスタンにいってこられましたね。〉

じつは久保左内は、取材のためにサウジアラビアから出発し、イスラエル〜シリア〜イラク〜イラン〜アフガニスタンを経由して日本にもどってきたのだった。つまり手紙は、森内緑からの「お帰りなさい」メッセージだったのである。

ちなみにこの文は、『緋色の研究』でワトソン博士とはじめて会ったとき、ホームズがいったセリフだ。いかにもミステリー通からの手紙といえるだろう。

わあっ、やられたぞ！

しょんぼりしかかった男子組は、けれども、すぐに気を取りなおした。よ、よーし、つぎは絶対に負けないからな！

「みずき先生、つぎの暗号はなんですか？」

「ネクスト・プリーズ、みずき先生！」

たけるがユウが、つぎつぎとリクエストする。みずきがニンマリして、

「ふふふっ、そうこなくっちゃ！　じゃあ、つぎのは……あっと、そうだ。せっかくだから、この問題は男子限定にしようかな。まさか、解けませんなんていわないよねっ、ユウとたける？」

パチリ、パチリ。ふたりは目くばせをかわしあった。そこまでいわれて、あとに引けっこないじゃないか。だれがギブアップなんかするもんか！

「うん、その意気その意気。けど、これ、けっこうむずかしいからね。がんばってよ！」

ピッと、みずきがリモコンを押す。画面はこうなった。

【Q14】ルパンの予告状

怪盗ルパンが、ルーブル美術館に予告状を送りつけてきた。ある絵画を盗みだすというから、

大胆不敵だ。そしてどの絵にねらいをつけたのかが、つぎの文にしめされているというのである。

〈この秋とても鮮やか也いろんな鳥が旅してる〉

予告状にはさらに、こんな文がつづいていた。〈正方形にひらいて、赤と白をダイヤでつなげ〉と。

どうやら、これは暗号のようだ。さて、ルパンはどの絵をねらっているのだろうか？

「ボク、なんとなく、わかるような気がします。ユウはどうですか？」

「うん、ぼくもさ。ちょっといい？　みかん。席、交代してくれないかな。」

うしろのみかんと席をチェンジすると、ユウは、たけると横ならびになって、ディスカッション態勢にはいった。

【A14】

「あのさあ、たける。ヒントの〈正方形にひらけ〉だけどさ。つまり、漢字をひらがなにして正方形にしろ、っていうことなんじゃないか？」

「同感です、ユウ。やってみましょう。」

たけるがメモ帳につづっていく。

結果はこうなった。

〈図1〉

とやろがる
きざいりて
ありとし
のもななび
こてかんた

「OK。それで、〈赤と白をダイヤでつなげ〉っていうんだから、どうするかは決まりだよな。」

「そうですね。一行目まんなかの〈あ〉と、三行目左端の〈か〉と、五行目まんなかの〈し〉と、三行目右端の〈ろ〉を線でむすぶんです。そうすると……。」

図1に、たけるが線を引いていった。

〈図2〉

とやろがる
き（ざ）い（り）て
ありとし
の（も）な（な）び
こてかんた

「……と、こうなりますね。このあとはユウにまかせますから。」

「了解。ほらほら、つないだ線のあいだに、〈もなりざ〉って文字があらわれるじゃないか。だから、怪盗ルパンがねらっている絵はズバリ、〈モナリザ〉だよ！」

「……そっかあ。」

「……そうやるんだ〜。」

アイとみかんが口々につぶやく。

「よっしゃあ！」

ユウとたけるはハイタッチした。

「うふふっ。みんな、推理エンジン全開になってるねっ。つぎ、いきまーす！」

ジリリリーン。

とつぜん、ベルが鳴りひびいた。

「あっと、時間がきちゃった。もっとやりたかったけど、残念。」

受けて、みずき先生が終了宣言した。

「はいっ、1時間目はこれでおしまいっと。アイ、ユウ、みかん、たける。つぎの授業開始まで、『ブースB』で待機しててくれるかな。そう、探偵談義でもしながらねっ。」

《探偵談義その2@ブースB》

「あのさあのさ、みかん、さっきのつづきだけどさっ。亜愛一郎だったよね、みかんのいちおしの名探偵。んーと……どういうヒトだったたっけ？　作者はだれ？」

「そうそう、それだよそれ。たけるのほうは……えーと、たしか、カール・ブルムクヴィストとかいってたよな。かわった名前だけど、どこの国の名探偵だ？」

　みずきの指示で、四人は「ブースＢ」に移動してきた。そなえつけの椅子に腰をおろすのももどかしく、アイ&ユウはいきなり質問を飛ばした。

「では、ボクからいいましょう。けど……本当に知りませんか、ユウ？」

　ユウの顔をのぞきこんで、たけるはこうつづけた。

「だったら、いいかえましょうか。カール・ブルムクヴィスト……通称・名探偵カッレくん。」

「え……あああっ、そ、そうかあ！」

　きいたとたん、ユウは99デシベルぐらいの大声をはりあげていた。もちろん読んでいる。なんでぼく、すぐに思いださなかったんだよ！

名探偵カッレくん。

『長くつ下のピッピ』で有名なスウェーデンの児童文学作家、アストリッド・リンドグレーンが生みだした少年探偵だ。

『名探偵カッレくん』
『カッレくんの冒険』
『名探偵カッレとスパイ団』

以上の三部作（岩波少年文庫）に登場。食料品店の息子でありながら、エルキュール・ポアロなど古今の名探偵にあこがれ、自分も日ごろから情報収集や推理活動、さらには化学実験をおこたらない。その結果、宝石盗難事件・殺人事件・誘拐事件をものの見事に解決してみせるのだ。

探偵しているばかりではない。ふたりの仲間――パン屋の娘エーヴァ・ロッタ&靴屋の息子アンデスと三人で結成した「白バラ軍」にまつわる話も、シリーズ全体の読ませどころとなっている。少年少女小説の一大傑作といっていいだろう。

「……本当におもしろい物語だと思います。もう何回読んだかわからないくらいですよ。ボクにとってはベストワン作品ですね。」

熱っぽい口調で、たけるがしめくくった。すぐさまみかんがバトンを受けとった。

「亜愛一郎さんのほう、解説いきま〜す。作者は泡坂妻夫さん。じつはこの名前って、本名・厚川昌男のアナグラムなの〜。」

そういうと、メモ帳を取りだしてスラスラ書きこみをはじめる。

〈あ・わ・さ・か・つ・ま・お

あ・つ・か・わ・ま・さ・お〉

「ほらねっ。いかにも推理作家らしいわよね〜。作者は奇術の腕もプロ級なので、マジックをとりあげた作品も多くって〜……。」

その代表的な作品が『奇術探偵　曾我佳城全集』（講談社文庫《秘の巻》・《戯の巻》）で、計二十二編が収録されている。奇術をモチーフにしたトリッキーな作品ぞろいで、マニアにはこたえられない作品集だろう。

トリッキーさでは、亜愛一郎シリーズもひけをとらない。こちらは、

『亜愛一郎の狼狽』

『亜愛一郎の転倒』
『亜愛一郎の逃亡』

以上、三冊の短編集（すべて創元推理文庫）が刊行されている。ちなみにこの名前は、「名探偵名簿をつくったときに、かならず一番目にくるように」との理由でつけられたものというから、シャレっ気たっぷりだ。

「カメラマンだから仕事であちこちに出かけていって、やたらおかしな事件に出くわすのよね～、亜愛一郎さんって。そのたびに鮮やかな推理で事件を解決しちゃうの。じつは最後の一編で、あっとオドロく正体が明かされるんだけど～、それは読んでのお楽しみで～す！」

みかんの説明が終わった。ふたたびたけるが交代して、

「で？　アイとユウはどうなんですか、ベストワンの名探偵は？」

「あたし？　ユウにはさっきいったけど、だんぜん思考機械だよ。オーガスタス・S・F・X・ヴァン・ドゥーゼン教授！」

アイが返事する。

つづいてユウも答えようとして……みんなけっこうマニアックなことをいってるよなあ。シャーロック・ホームズじゃ、ちょっとありふれてるかも。そう考えて、急遽チェンジすること

にした。

「えーと、ぼくは……オーギュスト・デュパンだな。作者はエドガー・アラン・ポー。世界最初の推理小説ともいわれる『モルグ街の殺人』で登場した探偵だけどね。知ってるだろ、みんな？」

「うん、知ってるけど……さっきいったのとちがうじゃん、ユウ。」

「い、いや、どうせなら、ひとりじゃなくて三人――「輝け！　名探偵ベスト3」、を発表したらと思ってさ。どうかな？」

「あ……それ、おもしろいかもねっ！」

ギモン顔をしていたアイは、がぜん乗り気になった。みかんとたけるも大きくうなずいている。

「よーし、即、はじめないか？」

いきおいこんで、ユウが提案したとき。

ジリリリーン。ベルが鳴った。ブースのスピーカーから、ネロのすずしい声がひびいてきた。

「探偵諸君、2時間目の準備がととのった。こっちにもどってきてくれたまえ。」

【2時間目】ギャグ台風 byダイ

テスト会場は様変わりしていた。

細長いテーブル席はかたづけられ、かわりに半月形の大テーブルがあった。

半月の「弦」にあたる前のほうに、なぜか大きなイーゼル（画架）がデンと置かれていた。

そして「弧」にあたる部分には、四脚の椅子がならべられているのだった。

ここに着席しろ、ということだろう。

四人はうなずきあうと、左から夏木ユウ・雪野アイ・大崎みかん・ソムトウたけるの順に腰をおろした。

と。

「やあやあ、みんな、ここで会ったがさつまあげ！ よろしく、こんにゃく、がんもどき！」

意味不明の「おでんギャグ」とともに、まるまると太った男子があらわれた。タヌキだったほうの電子探偵団員・仙崎ダイだ。そういえば、さっきは「こんちくわぶ」だった。おでんが大好物なのかもしれない。

CHyKW

「2時間目はぼくの担当だい！　さっそくいってみよう。きいておどろくなよお、ユウ、アイ、みかん、たける。ぼくがだす問題はどういうジャンルかっていうとだなあ……。」

もったいぶったふうに一拍おくと、ダイはニターッとして、

「名づけて、ギャグ台風だあ！」

☆

「最初のネロの入学テストに、地名パズルがあったじゃないかあ。あれ、ぼくもやるぞお。ただし問題数はずっと多いから、覚悟しろよなあ。」

テーブルの下から四角くてうすべったい木箱を取りだすと、ダイはイーゼルの上に設置した。正面に観音びらきのとびらがついている。

「さあさあ、お立ち会い。それでは諸君、いざいざ、いざ！」

かけ声とともに、ダイは木箱のとびらを左右にひらいた。日本地図があらわれた。〈47都道府県パズル〉という文字が上書きされている。

「これから紙芝居スタイルで1問ずつ出題するから、どんどん答えてよお。」

へえっ、紙芝居なのか。

ユウは意表をつかれた。まさかそうくるとは思わなかったぞ。

ほかの三人も、興味津々マナコで見まもっている。

「そうそう、いいわすれるところだった。絵はぜんぶ、画家のカジヤマさんにムリいって描いてもらったんだい！」

いいながら、ダイは木箱――紙芝居ボックス右サイドのすきまから、トップページの地図を引きぬく。

出題がスタートした――。

（左ページの日本地図を見ながら考えると、わかりやすいかも。）

47都道府県簡略地図

北海道
青森
秋田
岩手
山形
宮城
新潟
福島
石川
富山
群馬
栃木
長野
茨城
福井
埼玉
岐阜
山梨
東京
千葉
鳥取
京都
滋賀
神奈川
島根
岡山
兵庫
愛知
静岡
広島
大阪
三重
山口
香川
奈良
徳島
福岡
愛媛
高知
和歌山
佐賀
大分
長崎
熊本
宮崎
鹿児島
沖縄

Q15 47都道府県パズル

① ひらがなやカタカナを書こうとすると、ぜんぶ「わ」になってしまうのはどこの県か？

ヒント
ひらがなとカタカナをあわせてなんという？

予想外のチームが１位になっておどろいている県はどこか？

ヒロキは負ける。ヒロトも負ける。しかしヒロシは負けない。どこの県か？

④ 金縛りにあって、「ひょー」とさけんでしまう県は？

ヒント
かなしばりにあうと、どうなる？

ハンガーも洋服ダンスもない県は？

「それはきょうのことなのか？」と、問いかけられるのはどこか？

丘の上に山犬がいる。さて、どこの県か？

「ひがしずむ」と書こうとしても、「ひがむ」としか書けない県は？

釜でごはんを炊こうとしたが、米が多いので炊けなかった。どこの県か？

福祉に関しては、ほかの県に絶対ひけをとらないのはどこか？

⑪

「その服は憲法違反だ！」といわれる県は？

ヒント

憲法に違反することをなんという？

⑫

馬券を買うと舌打ちされてしまうのはどこの県か？

⑬

「長いのは危ないぞ！」と主張している県は？

ヒント

「危ない」をいいかえると？

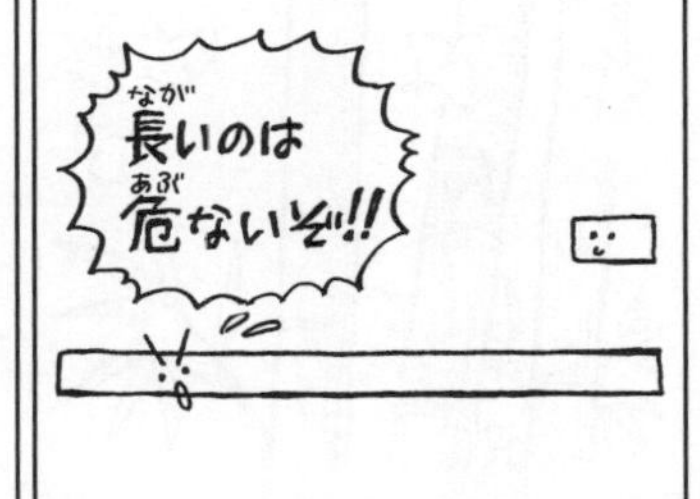

⑭

土地の権利が高額な県は？

⑮

蚊が安心してあっちこっち飛び回れるのはどこ？

ヒント

安心するということは「○○」とする、ということ？

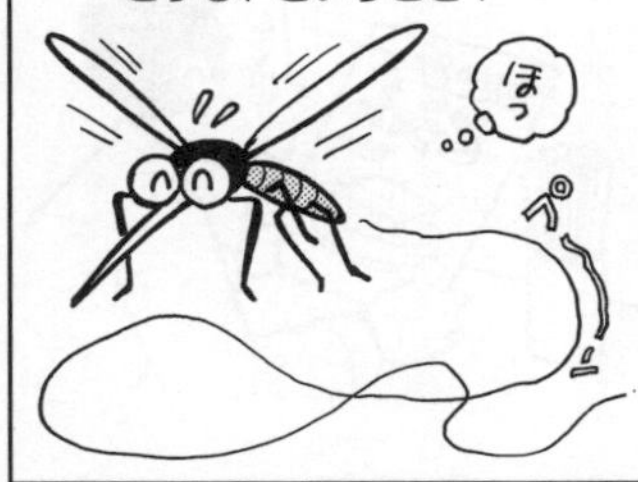

⑯

ラーメンを注文したら、ものすごく大盛りなのでびっくりした。どこの県か？

食堂に入ったら、「本日のメニューは豆腐だけです。」といわれた。どこか？

⑱

その県では、カラスの鳴き声が輪になってひびきわたるという。どこ？

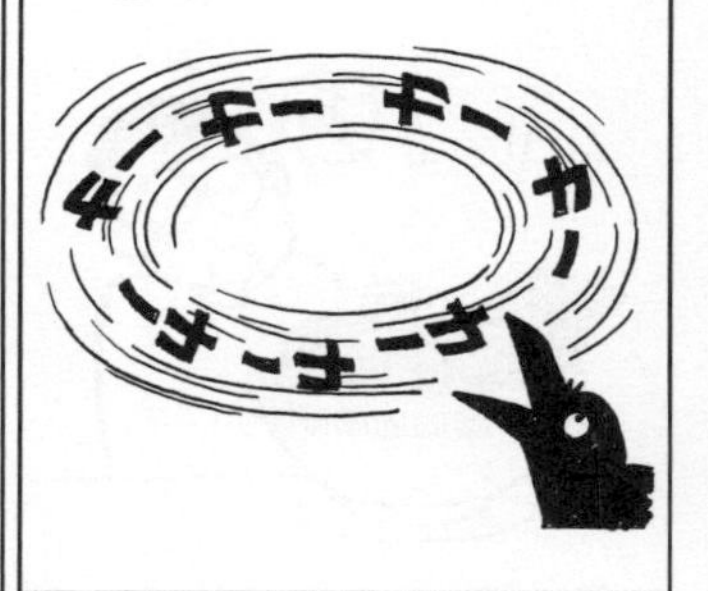

⑲ 紅葉の季節に竹林に行った。竹をよく見ると「ん」と書いてあった。それはどこの県のできごとか？

ヒント
紅葉の季節はいつ？

⑳

「ええっ、お姫さまが、剣をもっているって！」と、みんながおどろくのはどこの県か？

㉑

氷は溶けるが、人は溶けない。クマも溶けない。どこの県？

㉒

この県の土地はすべて、ある技術研究所──技研の持ち物だという。どこか？

㉓

詩を書くマネをするのが得意な県はどこ？

㉔

あいだに「と」があると、商品券になってしまうのはどこの県？

㉕

この県の自然はすばらしい。ただし、山だけはほかの県に負ける。どこか？

㉖

お医者さんの診察券が革製なのはどこの県？

「お医者さん」をいいかえると？

㉗

一・二・三・県。さて、どこの県のことか？

㉘

「広い間口の家なんかイヤだ！」という人がいるのはどこの県か？

悪魔のようなイヌがもっとも多い県はどこだ？

㉚

軍隊に尾行されると絶対にまくことができず、つかまってしまう県は？

㉛

「三本の矢をまっぷたつに裂くのは危ないぞ！」と注意されるのはどこの県か？

㉜

鉄カゴをゴシゴシみがいていたら魔法の剣になった。どこの県の話か？

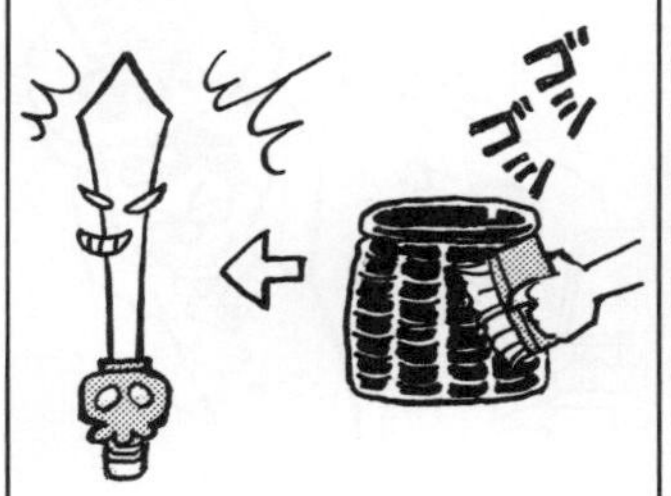

㉝

その県には、関西弁でとってもよい自分が住んでいるという。それはいったいどこのことか？

㉞

うかうかしていると乗っ取られてしまいそうなのはどこの県か？

㉟

「将棋でいちばん好きな駒は？」ときかれると、「王さんか歩や！」と答える人が多いのはどこか？

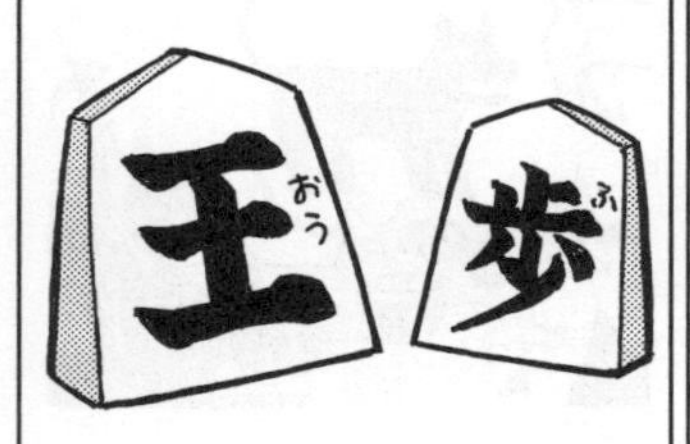

㊱

弓道の試合で的を外して、戸に矢が刺さってしまった。それでも負けにはならなかった。どこの県か？

巨大な日本犬がいる県はどこか？

「日本犬」をいいかえると？

㊳ 美術館で絵の前に立っていたら「そこにおると見えんけん！」としかられてしまった。どこの県か？

㊴

ぶっそうな世の中だが、この県だけは事件が起きない。どこか？

㊵

三びきのヤギがいると、その名前は「ケンイチ・ケンジ・ケンゾー」というふうに、決まって「ケン」がつくという。どこの県の話か？

大使と特使が勝負すると、大使は絶対に勝てないのはどこの県か？

その県では「菜の花」といおうとすると「野の花」になってしまう。どこ？

43 いつも仮定ばかりしている県は？

ヒント

仮定するときによく使う言葉は？

44

「形がいいバラは危ない。気をつけるように。」と忠告されてしまった。どこの県か？

㊺　3人で寒中水泳をした。1位と3位でゴールしたら火を焚いてあたたまってよい。しかし2位はダメだ、というのはどこの県か？

㊻

若ければ若いほど、テストは山勘にたよってしまう県はどこ？

㊼

その県では、「お金をはらいすぎた差額は商品券で返します。」という。どこか？

さあ、どうだどうだ。
制限時間は1問
30秒以内だぞお！

スタート時にダイにせっつかれていたが、四人はあわてずさわがず、
「おおっ、わかったぞ！」（ユウ）
「ああっ、ひらめいたよっ！」（アイ）
「わーい、できましたあ！」（みかん）
「ははあん、わかりましたよ。そういうことですか。」（たける）
ノリノリになって、矢つぎばやに正解を口にした。以下、列記すると――。

【A15】

1＝かなが「わ」……神奈川県。
2＝あ、1位？……愛知県。
3＝ヒロシは負けない……ヒロシ負けん……広島県。
4＝ひょー、うごけん……兵庫県。
5＝服をかけん……福岡県。
6＝「きょう？」と問う……東京都。
7＝丘に山犬……おか、やまけん……岡山県。

8＝「しず」を書けん……静岡県。

9＝多い、炊けん……大分県。

10＝福祉、負けん……福島県。

11＝服、違憲……福井県。

12＝チッ、馬券……千葉県。

13＝長さ、危険……長崎県。

14＝地権が高い……高知県。

15＝蚊が安心して飛び回る……蚊がほっとして移動する……ほっ、蚊、移動……北海道。

16＝あっ、大盛り！　……青森県。

17＝きょう豆腐……京都府。

18＝「カー」が輪……香川県。

19＝紅葉の季節……「秋」「竹」「ん」……秋田県。

20＝え、姫、剣？　……愛媛県。

21＝クマも溶けん……熊本県。

22＝土地、技研……栃木県。

23＝詩のマネ……島根県。

24＝商品券……ギフトけん、の「と」がない……岐阜県。

25＝山が他県……山形県。

26＝医師・革・券……石川県。

27＝四が県……滋賀県。

28＝間口、イヤ……ヤ、まぐち……山口県。

29＝悪魔のようなイヌ……「魔犬」が最多……埼玉県。

30＝軍をまけん……群馬県。

31＝三・矢・裂き・危険……宮崎県。

32＝「カゴ」を「ゴシゴシ」したら「魔剣」に……鹿児島県。

33＝関西弁で「よい自分」……「いいわて」……岩手県。

34＝県が乗っ取りにあう……乗っ取り県……鳥取県。

35＝王さんか歩……大阪府。

36＝戸・矢・負けん……富山県。

37＝大きな和犬……沖縄県。

38＝見えんけん……三重県。
39＝事件がない……ヤマなし……山梨県。
40＝三びきのヤギが「ケン」……三・ヤギ・ケン……宮城県。
41＝大使は勝てない……特使は負けん……徳島県。
42＝「な」が「の」になる……長野県。
43＝仮定する……「もし、〇〇なら」……奈良県。
44＝いいバラ・危険……茨城県。
45＝2位は火を焚けない……2位が焚けん……新潟県。
46＝若い・山勘……和歌山県。
47＝差額が券……佐賀県。

終了後、全員からあれこれとつっこみがはいった。
「ギャグっていうか、早い話がどれもダジャレだよな。かなり苦しいのも多いしさ。15なんて思いっきりこじつけだけど……けど、ここまでくると、バカバカしすぎてかえってソンケイしたくなるよ。」と、ユウ。

「ねえねえ。34は、もうちょいマシな問題があるんじゃないの？　たとえば、東京都とつるんで利権をあさっている……都と利権……鳥取県、とかさっ。」と、アイ。

「43は、いくらなんでもムリヤリだわ～。だったら、おわかれのあいさつの前半分がない県は、のほうがいいわよ～。〈さよなら〉の前半分がない……〈なら〉……奈良県。どうかしら～～。」

と、みかん。

「ムリヤリというなら、46もそうですね。若い・山勘……和歌山県はないでしょう。いっそのこと、こういうのはどうですか。自分の家はどこよりもよいという県……我が家負けん……うーん、これもあんまりたいしたことないですねえ。」と、たける。

ポンポコポン、ポンポコポン。ふいに大きな音がした。

「やあ、やるもんだなあ、みんな！　すごいすごい！　えらいえらい！」

全員に絶賛をあびせつつ、ダイがおなかをたたきだしたのだ。拍手がわりなのかもしれない。

さすがはもとタヌキだ。

「よおし、つぎの問題は、どおんとスケールが大きいぞお。せまい日本は終了した。一気に世界へGOGOGOだい！」

ダイがボックスの中身をチェンジした。こんどは地球儀の絵の上に、〈世界の首都パズル〉と文字がある。

ふたたび、出題がはじまった——。

【Q16】世界の首都パズル

1＝おばあさんしかいない町は？

2＝その町に行くと、みんなから面会を申しこまれるという。どこか？

3＝来たばかりなのに、すぐに帰りたくなる町は？

4＝おまんじゅうを買ったが中身がからっぽだった。どこの町か？

5＝会ったとたんにカルタをしようとさそわれた。どこか？

6＝店で買い物しようとしても、「売ってやらない。」といわれてケンカになる町は？

7＝ホテルでロビーを探していると、「そんな場所はない。」といわれた。どこか？

8＝歯医者が失業する町は？

9＝世界じゅうの国があつまっている町はどこか？

10＝たいしてつかわないのに、えんぴつの芯がどんどん減っていく町は？

11＝部屋を借りようとしたら、「間取りはこれでどうか？」としつこくきかれた。どこの町か？

12＝その町では不良は風呂にはいらずにシャワーだけあびているという。どこか？

13＝その町の住人はみな、風呂好きだという。どこか？（ちがった、首都ではなかった。）

14＝暖炉の燃料が桑の木だけの町は？

15＝その町のショップにいくと、なぜかおなじものをふたつ買ってしまう。どこか？

16＝将棋を指そうと思って箱からコマをだしたら、歩が一枚もなくなっていた。どこの町での話か？

日本も世界も関係なかった。スケールが大きかろうが小さかろうが、ダジャレにちがいはない。ユウ↓アイ↓みかん↓たけるの順で、四人はよどみなく正解を告げていった。

【A16】

1＝おばあさん……老婆……ローマ（イタリア）。

2＝「会ってね。」といわれる……アテネ（ギリシャ）。

3＝帰ろ……カイロ（エジプト）。

4＝あんがカラっぽ……アンカラ（トルコ）。

5＝じゃあ、カルタ……ジャカルタ（インドネシア）。

6＝「売らん！」とバトル……ウランバートル（モンゴル）。

7＝ロビーがない……ナイロビ（ケニア）。

8＝歯医者が失業するのは、歯のいい人が多いから……歯のいい……ハノイ（ベトナム）。

9＝世界じゅうの国……万国……バンコク（タイ）。

10＝芯が減る……ヘルシンキ（フィンランド）。

11＝間取り、どう……マドリード（スペイン）。

12＝ワルがシャワー……ワルシャワ（ポーランド）。

13＝入浴好き……ニューヨーク（アメリカ）。※首都はワシントンD.C.。

14＝桑を燃す……モスクワ（ロシア）。

15＝おなじものをふたつ……ダブり……ダブリン（アイルランド）。

16＝歩が消えた……キエフ（ウクライナ）。


全問正解したところで、みかんが「はーい！」と左手をあげた。

「質問で〜す、ダイ先生。さっき35問目に、将棋の問題があったでしょう。で、こんどのラストのもやっぱり将棋よね〜。これって、なにか意味があるんですか〜〜?」

「それ、ボクも気になっていました。じつはボク、テレビで将棋などよく見ていますから。ダイ先生もそうなんでしょうか?」

たけるも質問を重ねる。とたんにダイはあいまいな表情になった。なんだかもじもじしているみたいだ。

と、そのとき。天井のスピーカーからネロの声が流れでてきた。

「そのクエスチョンには、わたしから答えよう。自慢するようで、本人の口からはいいにくいだろうからな。よくききたまえよ、みかんにたける。」

つづくネロの言葉に、みかんとたけるばかりでなくアイもユウもぶっとんだ。なんとダイは将棋アマ四段。小学五年・六年と連続で県の「小学生名人」にかがやいたほどの腕前、というのだった。

すごっ!

全員がソンケイのまなざしになった。当のダイは頭をかきかき、

「えへへ。バレちゃったからには、ぼくの得意戦法を教えちゃおう。歩を、どんどん取りこむことだ。だからこんなに〈ふとった〉んだよお……なーんて、わはははは!」

ユウはのけぞった。ソンケイしてソンしたような……けど、いまのダジャレは「ざぶとん一枚！」かも。

「将棋関連のパズルでいいんなら、いくつかあるんだ。あんまり一般的じゃないけど、ためしにやってみるかあ、みんな？」

ダイはだしぬけに8問出題した。

【Q17】将棋パズル

1＝いつもくらべあっている2枚のコマは、なにとなにか？

2＝2枚あると神社仏閣が多い場所になるコマがある。なにとなにか？

3＝2枚あると女性警察官になってしまうコマがある。なにとなにか？

4＝2枚あると冷たくなるコマがある。なにとなにか？

5＝2枚ひと組で、『西遊記』に登場する妖怪になるコマがふた組ある。それぞれ、なにとなにか？

6＝天と地のあいだにあるコマは？

7＝未確認生物のようなコマは？

8＝将棋の対局で、子どものいうことにしたがうほうがいい手がある。なにか？


「あ、ボク、わかります。答えてもいいですか。」

将棋好きというたけるが、正解をならべたてていった。


【A17】


1＝くらべる……比較……飛・角。

2＝神社仏閣が多い場所……京都府……香と歩。

3＝女性警察官……婦警……歩・桂。

4＝冷たい……ひやり……飛・槍（香の別称）。

5＝『西遊記』の妖怪……金角と銀角（悟空をひょうたんに閉じこめた兄弟）……金・角＆銀・角。

6＝天と地のあいだ……天「と」地……と（と金……歩が裏返ったコマ）。

7＝未確認生物……UMA……ウマ……馬（角が裏返ったコマ）。

そこまではスラスラ答えたものの、8問目でたけるは、いきづまってしまった。

「うーん……コレはなんだろう……うーん、うーん……ダメです、ギブアップです。ダイ先生、答えはなんですか？」

「ふっふっふ、わからないかね、明智クン。正解は、王手だよ！」

「王手？　どうしてですか？」

フシギそうな顔のたけるに、ダイはニンマリとして、

「ほら、ことわざにあるじゃないかあ、〈負うては子にしたがえ〉って。つまり〈王手は子にしたがえ〉だよ、わははははは！」

「……あ、あのー、ダイ先生……それはもしかして、〈老いては子にしたがえ〉のマチガイではないでしょうか？」

「……え……あ……う、う……そ、そうともいう。」

ダイが、しれっとした顔でごまかした。たけるをはじめユウがアイがみかんが、「はれれれれ！」と盛大にずっこける。

「ま、まあ、こまかいことはいいじゃないかあ。そんなことより、ここで立ち止まっている時間はない。つぎだ、つぎ！」

きっぱり宣言するや、ダイがまたまた紙芝居ボックスの中身を入れかえた。

「題して、〈なんでもかんでもギャグってパズル〉だい！　動物編からいくぞお！」

【Q18】ギャグってパズルその1・動物編

1＝いてもいない動物は？

2＝すぐいなくなってしまう動物は？

3＝1ぴきでも16ぴきいる動物は？

4＝1ぴきでも10ぴきいる動物は？

5＝日曜日の夜、NHKの歴史ドラマになる動物は？

6＝いつも背筋がふるえている動物は？

7＝当たりのはいっていない宝くじばかり買う動物は？

8＝L字形の缶のような動物は？

9＝いつも困惑している動物は？

10＝すごいいきおいでごはんを食べる動物は？

11＝いつも怒っている動物は？

12＝逆立ちすると人のサイフをこっそりうばう動物は？

13＝逆立ちするときれいな花になる動物は？

14＝逆立ちすると歯車になる動物は？

15＝逆立ちするとすぐ眠ってしまう動物は？

16＝逆立ちするとおやつの食べものになる動物は？

17＝逆立ちすると目方が少なくなる動物は？

18＝むちゃくちゃ目方が重い動物は？

19＝みんなから完全に知らん顔される生きものは？

20＝朝と夜にはいない生きものは？

21＝ドアの裏側にいる生きものは？

22＝いつもお礼をいっている生きものは？

23＝逆立ちすると笑っている海の生きものは？

24＝西の方角から飛んでくる虫は？

25＝いつも疑問に思ってばかりいる虫は？

26＝いないと危険な虫は？

27＝億よりもっと大きい数の虫は？

28＝灯りをつけたり、ころんだり、店先にいたりする虫は？

29＝「え、それだけ？」ときいている虫は？

30＝ふいに出会う虫は？

31＝2ひきいると絵を描いてしまう虫はなにとなに？

32＝町のショップで逆立ちしている虫は？

33＝いつもはっきりしない口調の鳥は？

34＝銀行や金庫の中にいる鳥は？

35＝もう少しでモンスターになりそうな鳥は？

36＝「さっさと食事をしろ！」と説教する鳥は？

37＝8・9999……という鳥は。

38＝背中が美しい鳥は？

39＝四六時中、巣をあけている鳥は？

40＝友だちに「よう！」とあいさつしている鳥は？

41＝つごうがわるくなるとすぐダマってしまう鳥は？

42＝よく、くしゃみをしている鳥は？

43＝お酒を飲みすぎた人を心配している鳥は？

44＝歌舞伎役者の顔のような鳥は？

45＝いつも衝撃をうけている鳥は？

46＝いつも新聞を読んでいる鳥は？

47＝逆立ちしてもおんなじ名前になる鳥は？

48＝暑さに弱い魚は？

49＝「まっぷたつにしろ！」といっている魚は？

50＝あっちこっちにいる魚は？

51＝早く食べろと命令する魚は？

52＝のどがかわいてもなにも飲まない魚は？

53＝「そういうこともあるよなあ。」と納得している魚は？

54＝授業中に半分眠っていたら、3びきの魚に「家に帰って出直せ！」と怒られてしまった。その魚の名前は？

55＝「みんなにはないしょで、あることを心に思いました。」といっている魚は？

56＝「もう少し時間があるからいいじゃないか。」といっている魚は？

57＝マラソンの応援で沿道にいる魚は？

58＝「絶対にしゃべらないぞ！」と宣言している魚は？

59＝「アイツはあやしい、犯人にまちがいない！」と確信している刑事のセリフを代弁している魚がいる。なんという魚か？

60＝「流しソーメンのときに流すくだものを缶詰のミカンにするかサクランボにするかはクジで決めよう。」と提案している魚は？（ちがった、魚ではなかった。）

番外1＝人間の顔にいつもいるかと思えば、ころんでひざをすりむいたときにもあらわれる動物は？

番外2＝人間の体の前とうしろにいる虫は？

番外3＝わき腹にいそうな動物は？


まさに怒濤のギャグ攻撃だ。しかし四人は「負けるもんか。」とばかり、

「OK、動物ならあたしにまかせといてよっ！（アイ）」

「おっ、いいぞ。ぼく、虫って、けっこう好きなんだよね！（ユウ）」

「やった〜。鳥とくれば、わたしの出番で〜す。いつか、メンフクロウかコミミズクを飼いたいって思ってるのよ〜。（みかん）」

「ははあ、魚ですか。コレはボクの守備範囲ですね。（たける）」

得意ジャンルで手分けして、きっちり全問正解したのだった。

答えは、こうだ——。

【A18】

1＝いない……いぬ……イヌ。

2＝いなくなる……立ち去る……サル。

3＝16……しし（4×4）……ライオン。

4＝10……英語でｔｅｎ……テン。

5＝大河ドラマ……タイガードラマ……トラ。

6＝ゾーッとする……ゾウ。

7＝空くじ……宝くじの「た」がない……タヌキ。

8＝缶がL……かんがえる……カンガルー。

9＝困惑する……コマっている……クマっている……クマ。
10＝ばくばく食べる……バク。
11＝こらあ〜……コアラ。
12＝スリ……リス。
13＝バラ……ラバ。
14＝歯車……ギヤ……ヤギ。
15＝寝つきがいい……キツネ。
16＝菓子……シカ。
17＝軽い……イルカ。
18＝重い……英語でヘビー……ヘビ。
19＝完全に知らん顔……ぜんぜん無視……でんでん虫……カタツムリ。
20＝昼……ヒル。
21＝ドアの裏……戸の陰……トカゲ。
22＝お礼をいう……ありがとう……アリゲーター……ワニ。
23＝笑っている……ニカッ……カニ。

24＝西……にし（2×4）が8……ハチ。

25＝疑問に思う……あり？　……アリ。

26＝危険……アブない……アブ。

27＝億より大きい……兆……チョウ。

28＝点灯・転倒・店頭……テントウムシ。

29＝「○○のみ？」……ノミ。

30＝ばったり会う……バッタ。

31＝画家……がとカ。

32＝ショップ……店……セミ。

33＝「○○かも」……カモ。

34＝GINKO・KINKO……INKO……インコ。

35＝モンスター……かいぶつ……カイツブリ。

36＝早く食いな……クイナ。

37＝9弱……クジャク。

38＝背がきれい……セキレイ。

39＝巣がしじゅうカラっぽ……シジュウカラ。
40＝ダチに「よう！」……ダチョウ。
41＝ダマる……口をつぐむ……ツグミ。
42＝は、はっくちょん……ハクチョウ。
43＝「酔ったか？」……ヨタカ。
44＝歌舞伎役者の顔……くまどり……コマドリ。
45＝衝撃……「ガーン！」……ガン。
46＝新聞……記事……キジ。
47＝上から読んでも下から読んでも、キツツキ。
48＝うー、あじあじあじ……アジ。
49＝裂け！……サケ。
50＝あっちこっち……方々……ホウボウ。
51＝食え！……クエ。
52＝飲まず……ナマズ。
53＝あるよなあ……あるわな……アロワナ。

54＝（目が）覚めたら来い！　……サメ・タラ・コイ。

55＝ないしょで心に思う……心に秘める……ヒメマス。

56＝まだいい……マダイ。

57＝マラソンの沿道……旗・旗・旗……ハタハタ。

58＝しゃべらない……いわない……イワナ。

59＝「黒、真っ黒！」（刑事のセリフ）……くろ、まっくろ……クロマグロ。

60＝流す、クジだ……ナガスクジラ。

番外１＝まぶた・かさぶた……ブタ。

番外２＝おなか・せなか……カ（蚊）……うーん、ちょっと苦しい。

番外３＝わきばら……語感が似ているから、カピバラ……うう、思いっきり苦しい。


ここまでやると、さすがにみんな、ギャグ問題は「おなかいっぱい」になった。そろそろちがう傾向のパズルがほしいと思う。

けれどダイは、まだまだヤル気まんまんみたいだった。

「ここらでちょいと、べつのパターンにしようか。こういうのはどうだあ。」

こんどは紙芝居ではなく、ダイはしゃべり言葉で出題した。

【Q19】失敗した料理

ある年、シチューをつくっていたら、ガスコンロの火が強くて失敗してしまった。

つぎの年、バーベキューをしていたら、炭火が強くて失敗してしまった。

つぎのつぎの年、釣った魚を河原で焼いていたら、炭火が強くて失敗し、まっ黒こげになってしまった。

つぎのつぎのつぎの年、庭で焼きイモをしていたら、焚き火が強くて失敗し、家が全焼してしまった。

つぎのつぎのつぎのつぎの年、野焼きをしていたら、火が強く燃えあがって失敗し、山火事になってしまった。

ここで問題。それは毎年、おなじ月のおなじ日のできごとだった。何月何日か？


ふむ、たしかにべつのパターンだ。ギャグはギャグだけれど……ははは、ちょっとおもしろいじゃないか、この問題。ユウはすぐにピンときたのだが……ほかの三人はそうでもないみたいだった。

「へ？」

「は？」

「ん？」

つぶやいては、しきりに首をかしげている。あれれっ、だれもわからないのかよ？　よしよし、ここはリーダーにまかせなさい……って、いつのまにリーダーになったんだ、ぼくは……自分で自分につっこみをいれつつ、ユウは正解を告げた。


【A19】

どれも毎年毎年、火が強くて失敗している。つまり、「火が強かった」……「しがつよかった」……「しがつようかだ」……というわけで、それは四月八日のできごとだったのである。


パシッ、パシパシッ、パシパシパシッ。

アイがみかんがたけるが、いっせいにひざをたたいた。

「へえっ、やるじゃん。」

「きゃあ、やるわね〜。」

「ほほう、やりますね。」

みんながみんな、「やったね！」とサムアップ――親指を立てている。ダイ先生もガッツポーズして、

「大正解！　いいぞいいぞ、ユウ。そうこなくっちゃ出題しがいがないよお。よーし、せっかくだから、似たようなやつをもう少しだすぞお！」

うれしそうに顔をほころばせると、またまた口頭で出題した。

【Q20】「2」の謎

一（いち）、二（に）、三（さん）はすべて2である。

四（し）は2だが、しかし四（よん）は2ではない。

五（ご）、六（ろく）はどちらも2である。

七（しち）は2だが、しかし七（なな）は2ではない。

八（はち）は2である。

九（く）は2だが、しかし九（きゅう）は2ではない。

十（じゅう）、十一（じゅういち）、十二（じゅうに）はすべて2である。

いったい、なんのことか？


なんだろう？

こんどはユウが首をかしげる番だった。おなじ数字が〈2〉だったり、〈2〉じゃなかったりするって……謎だ！

と、アイが大きく目を見ひらいて、

「あっ、なあんだなあんだ。わかったよ、あたし。なるほどねー。」


【A20】

一月～十二月までの月の呼びかた。

一月……いちがつ……「いちがツー」（英語で2）、二月は「にがツー」、三月は「さんがツー」だ。

けれども四月の場合は、「しがツー」だが「よんがツー」とはいわない。

同様に、七月は「しちがツー」で「ななガツー」とはいわない。九月も「くがツー」で「きゅうがツー」ではない。

　ということ。

「やあ、すごいなあ、ユウもアイも。それじゃあ、あと2問、こよみの問題をだすよお。つぎはみかんとたける、がんばってくれよなあ。」

　つづけざまにダイは出題するのだった。

【Q21】月初めの動物
毎月毎月、最初の日がくるとあらわれる動物がいる。なにか?

【Q22】気が合わない月
一月から十二月のなかで、気が合わない月が3つある。どれか?

「は〜い、ダイせんせ〜い、わかりました〜!」

「ダイ先生、ボクもです!」

期待にこたえて、みかんとたけるがつぎつぎと挙手。それぞれ、正解をいった。


【A21】

月の最初の日……一日にあらわれる……ついたち……イタチ。（みかん解答）

【A22】

二月と三月と十二月。

旧暦名で、一月は睦月（むつき）、四月は卯月（うづき）、五月は皐月（さつき）、六月は水無月（みなづき）、七月は文月（ふづき）、八月は葉月（はづき）、九月は長月（ながつき）、十月は神無月（かんなづき）、十一月は霜月（しもつき）で、どれもおしまいが「き」で合っている。

これに対して、二月は如月（きさらぎ）、三月は弥生（やよい）、十二月は師走（しわす）で、おしまいの「き」が合っていない。（たける解答）

「すご〜い、たける！　旧暦名なんて、わたし、ぜ〜んぜん気がつかなかったわ〜。」

「いやいや、みかんこそたいしたものです。まさかイタチとは、思ってもみませんでしたよ。」

パッシーン。みかんとたけるが両手を合わせる。アイが口をはさんだ。

「月初めの動物のほうだけどさ。あたし、ちがうのを考えたんだ。〈ついたち〉……〈つい、立ち〉……なにかあるとつい立ちあがる動物……ミーアキャット、なんて、あはは、考えすぎだよねっ。」

おおっ、それはそれでおもしろいじゃないか。ユウはウケまくっていた。いやいやいや、たいしたもんだなあ、みんな。マジで優秀な探偵ぞろいだ。リーダーとしては鼻が高いぞ……だから あ、ぼく、リーダーじゃないってば。

「よ、よーし、待ってろよお！　こうなったらもう、エンドレスだい！　ギャグってパズルその2、待ってましたの食べもの編、いくぞいくぞ、いくぞおおお！」

ダイがおたけびをあげ、紙芝居ボックスの中身を入れかえはじめた。

あ、あのー、ダイ先生。全員の顔がくもった。ギャグ問題は、もうおなかいっぱいなんですけど……と、思っただけムダだった。風速五十メートル級のギャグ台風は、なおもしつこくつづくのだった。

【Q23】ギャグってパズルその2・食べもの編

1＝はなやかで美しい食べものは？

2＝だれもがすばらしいとホメちぎる食べものは？

3＝他人の意見に反対して、いいかえす食べものは？

4＝いつもすぐ近くにいる食べものは？

5＝ぎょっとして、わずらわしくなる食べものは？

6＝注文すると18枚でてくる食べものは？

7＝注文すると343切れでてくる食べものは？

8＝友だちといっしょに食事すると、注文が3回おなじになる食べものは？

9＝「メールに書類がついてきた！」とさわいでいる食べものは？

10＝とくにやることがないのでしかたなく、どうでもいいことをしている食べものは？

11＝ラーメンのなかにあったが、いらないので取りのぞこうとすると、逆立ちしてつよく拒否された。どんな食べものか？

12＝逆立ちすると定番の食べものは？

13＝はしでつまもうとしても、なかなかつまめない食べものは？

14＝「親のいうことはきかない！」と決めたAくんは、そのためにある食べものを買った。それはなにか?
15=「あっちにいけよ。」と冷たくされるくだものは?
16=名前をなんどもくりかえしているとオリンピックになってしまうくだものは?
17=ちゃんとあるのに「ありません」といわれるくだものは?
18=すっぱくても、名前をくりかえしているうちにあまくなるくだものは?
19=ガソリンスタンドにいると怒られるくだものは?
20=冬なのに「夏だ!」と主張しているものは?
21=「その絵をよこせ!」といっている食べものは?
22=いいとみんなが明るくなり、わるいと暗くなる食べものは?
23=お母さんが凍ってしまう食べものは?
24=「カッコつけすぎかな?」と反省している食べものは?
25=子どもの子どもにそっくりな食べものは?
番外=厚さ30センチのハンバーガーにかぶりついた。どうなったか?

「かんたん!」

「楽勝よ！」

「余裕だわ！」

「朝飯前です！」

ユウ&アイ&みかん&たけるは、かたっぱしから正解を告げていった。ここまでくるともう、考えこんだりすることもなく、反射的に答えが口をついてでた。どうやら四人の脳細胞もすっかり、ギャグ・モード一色になっていたらしい。


【A23】

1＝華麗……カレー。

2＝素敵……ステーキ。

3＝反駁する……ハンバーグ。

4＝すぐ近く……ソバ。

5＝ギョッ、ウザっ……ギョウザ。

6＝18枚……にく（2×9）18……肉。

7＝343切れ……3・4・3……刺身。

8＝3回おなじ……3度一致……サンドイッチ。
9＝「添付だ！」……てんぷだ……天ぷら。
10＝ひまつぶし……ひつまぶし。
11＝「取るな！」……とるな……ナルト。
12＝定番の……決まりの……のりまき。
13＝はしでつまめない……とりにくい……鳥肉。
14＝刃向かう……ハム買う……ハム。
15＝用なし……洋梨。
16＝五輪……ごりんごりんごりんごりんごりんご……リンゴ。
17＝無し……ナシ。
18＝甘味……かんみかんみかんみかんみかんみかん……ミカン。
19＝火気厳禁……カキ。
20＝なつだ……ナッツ。
21＝「絵、くれや！」……エクレア。
22＝景気……ケーキ。

23＝ママ、冷凍……ママレード。
24＝「や、キザかな」……焼き魚。
25＝子どもの子どもは孫……似た孫……煮タマゴ。
番外＝あごがはずれた。

「やあ、まいったなあ。全問正解されるとは思わなかったよお。そうだ。せっかくだから、みんなに段位をさずけようか。」

　全員を順番に見まわすと、ダイがおごそかな口調でいった。

「ユウとたけるはダジャレ三段、アイとみかんはダジャレ女流五段だ。みんな、これからもせいぜい精進して、ダジャレ道にはげんでくれよお。」

　ダジャレ四段に、ダジャレ女流五段。それは名誉なことなのだろうか。フクザツな気持ちで顔を見合わせる四人に、ダイ講師が不敵な笑みをうかべて、

「いっておくけど、ぼくはダジャレ九段だからなあ。最低でも、あと１０００問は出題できるんだ。だからまだまだいくぞお、ギャグってパズルその3……。」

　ジリリリリーン。

ベルが鳴りひびいた。待ち受けていたかのように、めがねの男子が乱入してきた。キツネだった電子探偵団員・鳥遊飛鳥だ。

「いつまでやってるんだよ、ダイ。はい、終了終了。」

「えーっ、まだいいじゃないかあ。もっと出題したいよお！」

抵抗するダイを無視して、飛鳥は四人にきっぱり宣告するのだった。

「ギャグ台風は東の海上に去った。つぎの3時間目は、このぼくの担当だ。ここでしばらく休憩をいれよう。諸君、『ブースC』に移動して、探偵談義のつづきでもやっていてくれたまえ。」

《探偵談義その3@ブースC》

「やっぱシャーロック・ホームズは別格、というか神格化してるんでさ。この際、ベスト3からはずそうと思うんだ。というわけで、それじゃあ、いいだしっぺのぼくから発表しまーす！」

「ブースC」は、フロアの奥のほうに位置していた。すぐ近くに「電子塾塾長室」とプレートのかかった部屋がある。どういう人なのかな、塾長さんって？　ユウは興味をひかれたが、いまはたしかめているヒマはない。全員が着席したところで、探偵談義――「輝け！　名探偵ベスト3」は、さっそくスタートした。

「1位＝オーギュスト・デュパン。2位＝ブラウン神父。3位＝ドルリイ・レーン。以上。」

まずは名前を告げてから、ユウは解説をはじめた。

「さっきもいったように、デュパンは〈世界最初の推理小説〉で登場した探偵だから、つまりは〈世界初の名探偵〉といえるよね。ついでに、作者エドガー・アラン・ポーの名前をもじった日本の推理小説作家が、あの江戸川乱歩なんだけど、それはおいといて……。」

デュパンのデビュー事件『モルグ街の殺人』は、こんなストーリーだ。

1位
オ〜ギュスト・デュパン
2位
ブラウン神父
3位
ドルリィ・レ〜ン

パリのモルグ街という町で、密室殺人事件が起きた。母と娘が惨殺され、なんと娘のほうは煙突に逆さまに押しこまれていたのだ。このとき、犯人らしきふたりの人物のしゃべり声を複数の人間が耳にしていた。しかし証言はバラバラで、ある者はフランス語だといい、ある者はスペイン語だといい、ある者はイタリア語だといい、ある者はドイツ語だといい、ある者はロシア語だといい……結局なんだかよくわからない。

そんな謎だらけの事件を解決したのが、オーギュスト・デュパンだったのだ。そのスルドイ推理力で見やぶった犯人の正体は、な、なんと……以下、略。

デュパンが登場しているのはほかに、『マリー・ロジェの謎』『盗まれた手紙』の二作品だけだ。ただしポーには、『黄金虫』というドキドキものの暗号ミステリーもある。マニアには必読かも……。

「じゃ、つぎ、ブラウン神父。さっき、みずき先生の暗号問題にもでてきたよね。小太りな体で、いつも手にこうもり傘を持っている。カトリックの神父さんで探偵、という設定がユニークだよな……。」

『ブラウン神父の童心』
『ブラウン神父の知恵』

『ブラウン神父の不信』

『ブラウン神父の秘密』

『ブラウン神父の醜聞』

の五つの短編集（創元推理文庫）に収録された、合計五十三作品に登場。深い知性と観察力からうまれた推理で、だれも見やぶれなかった事件をズバズバ解決していく。

おおぜいの人間が「その場にはだれもいませんでした。」と証言したにもかかわらず、本当は犯人はそこにいたのだ、と指摘してみせる『見えない男』（『童心』に収録）など、虚をつかれる推理が少なくない。作者は、G・K・チェスタトンだ。

「……なんてしゃべってると、どんどん長くなっちゃうなあ。少し飛ばすぞ。3位のドルリイ・レーンは……。」

天才俳優だったのだが、耳がきこえなくなったために引退。そののちに名探偵になった、という設定でつぎの四作品（ハヤカワ・ミステリ文庫）に登場する。

『Xの悲劇』

『Yの悲劇』

『Zの悲劇』

『ドルリイ・レーン最後の事件』

というより、この四作品のためにこそ、エラリイ・クイーンが創造した名探偵なのだった……。

ちなみに『Yの悲劇』は、数ある推理小説のなかでも「オールタイム・ベスト」上位の常連で、名作ちゅうの大名作だ。

「以上。ふううっ、しゃべりすぎたあ。えーと、つぎは、だれを……。」

「わたしわたし！　わたしで～す！」

指名しようとしたユウをさしおいて、みかんがすすんで名乗りをあげた。いつのまに用意したのか、右手にメモ用紙をかかげている。こう書きつけてあった。

〈2位＝御手洗潔さん……島田荘司さん作。3位＝中村雅楽さん……戸板康二さん作。〉

みかんは徹底して、日本人の名探偵が好みらしい。けど、だれだよ、そのふたり……ハテナ顔のユウをみかんがニヤリと見て、

「うふふっ。そんな顔してるところを見ると、知らないのね～、ユウ。」

く、くやしい……けど、知らないものは知らない。ユウはすなおにギブアップした。

「うん、じつは。レクチャー、よ・ろ・し・く。」

「は～い、了解。じゃ、かんたんに説明するわね～。まず、御手洗潔さんだけど～……。」

かの有名な明智小五郎&金田一耕助につぐ、日本屈指の名探偵といっていい。『占星術殺人事件』でデビューして以来、『斜め屋敷の犯罪』『異邦の騎士』『暗闇坂の人喰いの木』『水晶のピラミッド』『眩暈』『アトポス』などなど（すべて講談社文庫）、解決してきた難事件・大事件は数知れない。ここではとても紹介しきれないので、興味ある人は〈御手洗潔〉でネット検索してみてほしい。

「作者の島田荘司さんは〈新本格ミステリーの祖〉ともいわれる作家さんで、奇想天外というか、あっとオドロくというか、びっくりしたなもう、というような作品が多いのよね〜。ほかに吉敷竹史シリーズっていう作品も何冊もあって〜、こっちも本格マニアにはぜーったいにオススメでーす！」

みかんの口ぶりが熱っぽくなる。よほど好きなんだろう。そこまでいわれたらいちどは読んでみないとなあ。ユウは脳内メモ帳にスバヤク書きとめた。

「つぎにうつりまーす。中村雅楽さんはもう八十歳近いんだけど、ともかく観察力がハンパじゃなくって〜。歌舞伎とかの芸能方面で起きた謎の事件をビシバシ解決しちゃうの。ていうのも、中村雅楽さんの本業は歌舞伎役者だからなのでした〜。」

登場するのは、以下の五冊の短編集だ——。

『中村雅楽探偵全集1　團十郎切腹事件』

『同2　グリーン車の子供』

『同3　目黒の狂女』

『同4　劇場の迷子』

『同5　松風の記憶』(すべて創元推理文庫)

「どの本にも十作以上の短編がはいってるから、読みごたえ十分だわ。それに、歌舞伎の世界のこととかもいろいろわかっておもしろいし。あ、じつはわたし、歌舞伎にも興味あるの～。好きな役者は、だんぜん猿之助サマで～～～す！」

最後は脱線しつつ、みかんのレクチャーが終了した。すかさずアイが挙手して、

「じゃ、あたしの番だねっ。」

アイの1位は思考機械だった。さあて、2位と3位はだれだろう、興味津々だぞ。ユウがそう思ったとき。

ジリリリーン。ベル音につづいて、ネロの声が流れてきた。

「探偵諸君、お待たせした。3時間目の授業をはじめよう。飛鳥先生が、手ぐすねひいて待ち受けているぞ。」

【3時間目】計算バトルby飛鳥

半月形テーブルの前には、あの百インチ液晶画面がふたたび設置されていた。紙芝居での出題は、あれで終了なのだろう。

飛鳥先生はすでに、テーブルの真正面に立っていた。四人はいそいで席につく。

「ダイの授業はムダに長かった。ぼくはもっとコンパクトにいくぞ。といって、そうかんたんには解けない問題が多いからそのつもりでな、夏木ユウ、雪野アイ、大崎みかん、ソムトウたける。それでは、さっそくはじめよう。」

開口一番いいはなつと、飛鳥はめがねをずりあげながら言葉をつづけた。

「3時間目の授業・計算バトル、いざスタートだ！」

☆

「ネロの入学テスト問題に、数字パズルがあっただろう。ぼくもまずは、似たようなのを1問、出題させてもらう。まあ、これは、★（ひとつ星）クラスの初級問題だけれども。」
ピッと音がした。飛鳥が右手のリモコン・スイッチを押したのだ。液晶画面が明るくなり、問題がうかびあがってきた。

【Q24】数字パズル2

つぎの式はなにを意味しているか？

〈1＋1＝2
1＋2＝1
2＋2＝0
1＋1＋1＝3
1＋1＋2＝2
1＋1＋3＝3
1＋2＋3＝2〉

「はいっ！」

「はいはいっ！」

「はいはいはいっ！」

ユウ以外の三つの手が同時にあがった。

ええっ、みんな、もうわかったのかよ。ユウはあせって、もういちど画面を見つめ……その瞬間、あっさり解けた。

「はいはいはいはいっ！」

威勢よく手をあげたユウを、飛鳥が左手で「☞」マークをつくって指名する。待ってましたと、ユウは張りきって答えを口にした。


【A24】

イコールのあとの数字は、前の式にでてくる「奇数」の個数。


「ふむ。よくできました、といいたいところだが、これしきの問題、諸君ならできてトーゼンだろう。では、これはどうかな。」

飛鳥がリモコンを操作した。画面中央に四角い枠が四つ、横ならびに出現する。

四つの枠のなかで、数字がグルグル回転をはじめて……数秒後に停止した。向かって左側から、こんな数字がのこった。〈1・2・3・4〉と。

コホンとせきばらいして、飛鳥先生が授業スタートした。

「この四つの数字をつかって、これから〈四則演算で10〉というパズルをやってみたい。むろん知っているとは思うが、四則演算というのは……。」

算数の基本の四つの計算――加算（＋）・減算（－）・乗算（×）・除算（÷）のことだ。つまり、「四つの数字をうまく加減乗除して〈10〉をつくる」というパズルだ。いまの例題①〈1・2・3・4〉でやってみると――。

〈1＋2＋3＋4＝10〉
〈3×2＋4×1＝10〉
〈3×4－2×1＝10〉
〈2×4＋3－1＝10〉

というふうに、いろいろな計算が可能だ。計算そのものは単純な「算数」だけれども、かなりややこしいパターンもあり、なかなか奥が深くてパズル的なおもしろさもたっぷりなのだ――。

「よーし、論より実践だ。ユウ、アイ、みかん、たける。1問ずつ出題するから、きっちり解いてくれたまえ。」
いうが早いか、飛鳥はリモコンを操作した。液晶画面がタテに四分割した。それぞれに四つの枠がうかび、数字が回転する。
と。
上のほうから順に回転がとまり、四つの数字が分割画面ごとに表示された。
例題②は――〈5・5・3・2〉
例題③は――〈7・5・2・6〉
例題④は――〈6・8・6・8〉
例題⑤は――〈9・4・9・7〉
「いまの要領で、それぞれ10をつくるのだ。ぼくが指名するから、三十秒で答えてくれたまえよ。例題②は……そうだな、アイに解いてもらおうか。」
「え、えーと、んーと……あっ、わかりましたっ、飛鳥先生！」
アイがメモ帳に数式を書きつけた――。
〈(5＋5)×(3－2)＝10〉
「正解だ。ではつぎ、例題③は……。」

例題③はたける、例題④はみかん、例題⑤はユウ。飛鳥はつぎつぎと指名していった。負けるもんかと、三人が答えを書きなぐる。

〈(5×2)×(7−6)＝10〉(たける解答)

〈8÷(8−6)＋6＝10〉(みかん解答)

〈4−(9÷9)＋7＝10〉(ユウ解答)

「よしよし、いいだろう。ただし例題⑤には、べつの解答も考えられる。」

ユウの席に歩みよると、飛鳥はメモ帳にこんな式を書きつづった。

〈4×7−(9＋9)＝10〉

ああっ、な、なーるほど!

ユウはあんぐり口をあけていた。まず〈28〉をつくって、そこから〈18〉を引く。そんなやりかた、考えてもみなかった。奥が深いと、飛鳥先生がいったとおりだな……。

ユウだけではなかった。アイもみかんもたけるも、意表をつかれた顔つきだ。

「ふふふ。これぐらいは序の口だ。ここからが本番だぞ、諸君。けっこう難問だが、みごと解いてくれたまえよ!」

飛鳥がリモコンを操作した。四分割画面の数字がふたたび回転をはじめ、ややあって停止する。こんどはこうなった――。

【Q25】四則演算で10・難問編

つぎの4つの数字を加減乗除して、〈10〉をつくりなさい。

1＝〈5・5・3・5〉

2＝〈7・5・5・5〉

3＝〈6・8・7・8〉

4＝〈9・9・9・9〉

ははあ……ユウはコクンコクンした。はじめのふたつはすぐわかる。はじめに掛け算して大きな数をつくる。いまのやつの応用だ。しかし……。

「……うーん、どうやるんだろうなあ、あとのふたつは……。」

くちびるからもれたひとりごとに、たけるが反応した。

「わかりましたよ、ボク。では、ユウが1と2を答えてくれませんか。ボクは3と4をやりますから。」

「あ……OK。」

ユウとたけるはそれぞれ、メモ帳に計算式を書きつけた。「どれどれ？」と、アイとみかんがのぞきこむ。こんな式ができあがった。

【A25】

1＝〈(5×5＋5)÷3＝10〉

2＝〈(7×5)−(5×5)＝10〉

3＝〈(8×8＋6)÷7＝10〉

4＝〈(9×9＋9)÷9＝10〉

「ああ、そっかあ！　やるね～っ、ユウ!!」

「そうやるんだ～！　スゴイわ～、たける!!」

女子組が感嘆声をあげた。ユウとたけるは鼻高々になる。と、水をさすように、飛鳥が人さし指をこきざみにふって、

「チッチッチ。これくらいでよろこんではいけない。じつは難問ちゅうの難問――超難問がひか

えているのだ。さてさて、解けるものなら解いてもらおうか。」
飛鳥のめがねがキラリンと光る。
リモコンがピッと鳴る。
数字が回転をはじめ、停止する。
四組の四つの数字が、画面にあらたに出現した――。

【Q26】四則演算で10・超難問編
前問と同様、4つの数字を加減乗除して、〈10〉をつくりなさい。
1＝〈1・1・9・9〉
2＝〈1・1・8・5〉
3＝〈1・3・3・7〉
4＝〈3・4・7・8〉

「………」
みんなだまりこんでしまった。四人ともメモ帳に数式を書いては消し書いては消しするばかりで、いっこうに正解はでてこない。

そのまま一分、二分、三分、四分たったころ、アイとみかんがつぎつぎと音をあげた。

「ダメだあ。あたし、ギブアップっと。」

「わたしも、降参です〜。飛鳥先生、ホントにできるんですか〜、これ？」

「もちろんできるとも。ユウとたけるはどうかね？」

飛鳥が男子組に水を向けた。

ふううっ。ユウは小さくため息をつくと、いやいやながら宣言した。

「負けました、飛鳥先生。」

いっぽうたけるは、メモ帳に描きこんだダルマの絵を飛鳥にさしだした。

「ボクはコレです。つまり手も足もでない、です。」

四人ともしょぼんとなった。ここまでずっと全問正解してきたのに、こんどばかりは完敗だ。

「やはりむずかしかったか。ま、そう気を落とさないでくれたまえ、諸君。この問題、高校生や大学生だって、解けないヒトはけっこういるんじゃないかと思うぞ。ここはぼくから答えをいおう。」

【A26】

1＝〈9×（1＋（1÷9））＝10〉

2＝〈8÷（1－（1÷5））＝10〉

3＝〈3×（1＋（7÷3））＝10〉

4＝〈8×（3－（7÷4））＝10〉

〈解説〉

1問目は、$(9\times1=9)+(9\times\frac{1}{9}=1)$ということであり、つまり（9＋1）なので、答えは〈10〉となる。

2問目。うしろの式の（1－（1÷5））は、$(1-\frac{1}{5}=\frac{4}{5})$ということである。つまり全体では$(8\div\frac{4}{5}=8\times\frac{5}{4})$なので、答えは〈10〉となる。

3問目は、$(3\times1=3)+(3\times\frac{7}{3}=7)$であり、つまり（3＋7）なので、答えは〈10〉となる。

4問目は、$(8\times3=24)-(8\times\frac{7}{4}=14)$であり、つまり（24－14）なので、答えは〈10〉となる。

す、すごい！　たしかに算数なんだけど、はっきり算数を超えていると思う。感服する四人に、飛鳥がたたみかけた。

「四則演算パズルは、訓練次第でどんどん上達すると思う。たとえば道を歩いているときに、通りかかった車のナンバーでトライしてみる。目についた電話番号でやってみる。そうやってふだんの生活のなかで挑戦しているうち、しだいにコツがわかってきてスバヤクできるようになるはずだ。ぜひ、ためしてみてくれたまえ。」

うーん、勉強になったぞ。この十分間で、ユウは「算数脳」が倍以上グレード・アップしたみたいな気分になった。アイもみかんもたけるも、どことなく「算数顔」になっている、ような気がする。

「よーし、つぎにうつろうか。諸君、注目注目！」

「☞」と、飛鳥が液晶画面を指ししめした。見ればいつのまにか、〈2525×4=〉という数式がうかんでいる。

え、これって、どんな問題なんだ？　ユウは目を見ひらく。

こんな問題だった——。

【Q27】計算方法

〈2525×4＝〉

この計算を、たった3秒で解く方法がある。どんな方法か？

「あっ、あたし、わかるかも。2525をこうやってふたつにわけるのよ。で、ね……。」

アイがメモ帳に解答を書きつけていった。

【A27】

2525を、25と2500とにわけて、それぞれに4を掛ける。すると――。

25×4＝100

2500×4＝10000

となり、このふたつを合計した〈10100〉が答えだ。

「ほら、三秒でできあがりっと！」

アイが鼻をひくひくさせる。みかんが口をはさんだ。

「ね、ね、わたし、いま思ったんだけど〜。この計算方法をつかうと、もっとむずかしい式もすぐ解けちゃうわよね〜。たとえばあ……。」

みかんがメモ帳に〈２５２５×16＝〉と書き、つづけて数式を書きこんでいった。

〈25×16＝25×４×４＝４００

２５００×16＝２５００×４×４＝４００００〉

「なので、合計して４０４００になりま〜す！」

「ふむ、そのとおりだな、みかん。かんたんに答えにたどりつける計算法は、おぼえておいてソンはない。たとえば15×98を計算する場合、暗算ではちょっとむずかしいだろう。しかし、15×１００＝１５００、マイナス15×２＝30、というふうに考えれば、１４７０とすぐ答えがでるはずだ。〈かんたんな計算方法〉でネット検索すれば、いろいろな実例が示されているので、みんな、チェックしてみてほしい。さて、そろそろパズルにもどろうかな。」

飛鳥のその言葉が終わるか終わらないかのうちに、つぎの問題が画面表示された。

【Q28】九九の問題

九九の計算の答えで、1個しかでてこない数が5つある。以下の□にはいる数字を答えなさ

い。

1□□□81

えーと、なんだろう……ユウは頭のなかで九九をとなえはじめたが。

「楽勝ですね、これは。」

考えるヒマもなく、たけるに即答されてしまった。

【A28】

たとえば〈1×2〉や〈2×3〉はかならず、〈2×1〉〈3×2〉と逆パターンがあるから、当然答えは2個以上になる。なので〈3×3〉や〈5×5〉など、おなじ数字を掛けるものだけを考えればよい。

ただし〈2×2＝4〉〈3×3＝9〉〈4×4＝16〉〈6×6＝36〉は、ほかにもおなじ答えがあるので、のこるのは〈1×1＝1〉〈5×5＝25〉〈7×7＝49〉〈8×8＝64〉〈9×9＝81〉だけだ。

したがって□にはいる数字は、〈25・49・64〉である。

「ふむ。理路整然とした解答だな、たける。ちょっと表にまとめてみたから、見てくれたまえ。」

液晶画面に九九の表がうかぶ。これだとたしかに、一目瞭然だ。

×	1	2	3	4	5	6	7	8	9
1	1	2	3	4	5	6	7	8	9
2	2	4	6	8	10	12	14	16	18
3	3	6	9	12	15	18	21	24	27
4	4	8	12	16	20	24	28	32	36
5	5	10	15	20	25	30	35	40	45
6	6	12	18	24	30	36	42	48	54
7	7	14	21	28	35	42	49	56	63
8	8	16	24	32	40	48	56	64	72
9	9	18	27	36	45	54	63	72	81

「いやあ、おもしろくなってきたなあ。くくく、くくく、くく・八十一、なんて。」

飛鳥先生がトツゼン、ふくみ笑いしながらダジャレをいった。はっきりいって、つまらない。

ずっこけそうになった四人にはおかまいなしに、飛鳥はノリノリになって、

「よーし、つぎにすすむぞ。つぎの問題は、これだ！」

数字の問題かと思いきや、画面には意外にも、こんなアルファベットがうかんできた。

```
   SEND
+  MORE
-------
  MONEY
```

「これは〈パズル王〉と呼ばれるデュードニーがつくった有名なパズルだ。アルファベットを数字に置きかえて、この覆面算を成立させる。おなじアルファベットは、おなじ数字なわけだな。解きかたをざっと説明すると……。」

三段目の最初のMは、足し算の結果くりあがったのだから〈1〉だ。

そしておなじアルファベットはおなじ数字なのだから、二段目のMももちろん〈1〉だ。

ということは、一段目のSは〈9〉か〈8〉しかありえないことになり……。

「という具合に推論をすすめ、試行錯誤してつづけていけば解けるはずで、答えはこうなる。」

　　　９５６７
＋　　１０８５
―――――――
　　１０６５２

飛鳥が自分から正解をしめして、さらにつづけた。

「式の英語は、〈送れ、もっと、金を〉の意味で、ちゃんとした文になっている。しゃれたパズルというべきだが、じつはこれを日本語でやった先生がいるのだ。たとえば……。」

ひらがなの覆面算が、画面にうかんだ。

　　はつこいは
＋　あいらしい
―――――――
　　ひみつのこ

「これは、『数字の詩～おもしろパズル「真の覆面算」の本～』（横山傳四郎著／葛飾書房）に収録されているもので、正解はつぎのようになる。」

$$
\begin{array}{r}
62156 \\
+\ 35085 \\
\hline
97241
\end{array}
$$

「はああ……。」

「ふむむ……。」

「へええ……。」

「ほよよ……。」

ユウ&たける&アイ&みかんが、それぞれに声をもらす。飛鳥がめがねをずりあげながら、どこか遠くを見るような目で、

「この本がでたのは一九九九年で、このとき横山先生は九十三歳だったというから、ただもうソンケイのひとことだ。そんな先生に敬意を表して、本からアレンジした〈ひらがな覆面算〉をぼくも出題したいのだが、ただ……。」

この問題はかなり難解だ。解くよりもむしろ、問題をつくるほうが楽勝ではないかと思う。数

式の数に合うようにひらがなをはめこんで、意味のある言葉にすればいいのだからな。そこで……。

「ここは逆に答えの数式をしめして、問題のほうをみんなに考えてもらおうと思うのだ。さっそくはじめよう。」

飛鳥がリモコンを操作する。

たてつづけに四つ、こんな数式が画面にうかんできた――。

【Q29】ひらがな覆面算をつくれ！

〈その1〉

$$\begin{array}{r} 67275 \\ +\ 27478 \\ \hline 94753 \end{array}$$

〈その2〉

$$\begin{array}{r} 51425 \\ +\ 25637 \\ \hline 77062 \end{array}$$

〈その3〉

$$\begin{array}{r} 19091 \\ +\ 65435 \\ \hline 84526 \end{array}$$

〈その4〉

$$\begin{array}{r} 19714 \\ +\ 34232 \\ \hline 53946 \end{array}$$

おおっ、おもしろいじゃないか！

解くのではなくて、問題をつくる。そんなのははじめてだぞ。よーし！

ファイトまんまんになったユウは、ふと思いたってみんなに提案した。

「あのさあ、みんな。これ1問ずつ、ディスカッション方式でやらないか。そしたら、できあがるのも早いんじゃないのかな。」

三人がいっせいに同意した。

「あ、いいかも〜。」と、みかん。

「ええ、賛成です。」と、たける。

「やろ、やろっ。」と、アイ。

「決定だな。〈その1〉からはじめようか。おなじ数字〈7〉が五個ある。ここにおんなじひらがなをはめこんで、意味のある言葉にすればいいわけだ。みんな、思いついたことをどんどんいってみてよ……。」

ユウの司会進行でディスカッションはスタートして……しばらく時間がたってから四人のメモ帳に、こんな「ひらがな覆面算」問題が完成した。


【A29】

〈その1〉

　　かんたんな
＋　たんけんは
―――――――
　　きけんなり

〈その2〉

　　りそうより
＋　よりたかい
―――――――
　　いいぶたよ

〈その3〉

　　ねこのこね
＋　あいらしい
―――――――
　　みらいにあ

〈その4〉

　　とりがとび
＋　たびうたう
―――――――
　　ふたりびな

「やったあ！」

「やったね！」

男子組と女子組は、どちらからともなくハイタッチしていた。なかなかのもんじゃないか、ぼくたちのチームワーク。ユウは自画自賛する。

「ははあ、なるほど。どういう意味なのか、いちおう説明してくれないか。」

飛鳥にそういわれて、四人はかわるがわる説明スタートした。

「〈その1〉はわかりやすいですよね、飛鳥先生。ズバリ、かんたんに探検したりするのは危険だ、という意味です。」と、ユウ。

「〈その2〉ですけど。ブタを売りにいったら、理想の値段よりもずっと高く売れた、本当にいいブタだ、といっているのよ。」と、アイ。

「〈その３〉も説明不要じゃないですか〜、飛鳥せんせーい。愛らしいネコの子だ、きっと未来もカワイイだろう、っていっているんで〜す。あ、おしまいの〈にあ〉はもちろん、ネコの鳴き声です〜〜。」と、みかん。

「〈その４〉も言葉どおりの意味ですね。飛びたった渡り鳥が、旅の歌をうたっている。まだ巣にいる二羽のヒナも、やがては旅だっていくだろう。そんな情景をあらわしているんですよ。」と、たける。

どうだどうだ。ユウは得意満面になった。文句なしの解答だろう。きっと飛鳥先生もホメちぎってくれる……かと思ったが、そうでもなかった。飛鳥は事務的な調子で、

「ふむ、いいだろう。ただし、別解答もありうるので、時間があるときにまた考えてみてくれないかね、諸君。つぎにいこうか。やはり数字の問題なのだが、少し趣向がちがう。」

こんな問題が画面にあらわれた。

【Q30】ありえない数
ある数から5を取ると、14になる。
おなじ数から4を取ると、50になる。

おなじ数から5と4を取ると、10になる。

その数とはなにか？


ウソだろ。ユウは頭のなかで暗算してみた。

まず一行目の〈5を取ると14になる数〉は、もちろん〈19〉だ。そして三行目〈5と4を取ると、10になる数〉は、やはり〈19〉だ。ここまではよい。

問題は二行目なのだ。〈4を取ると、50になる数〉は〈54〉だ。しかしそれでは、〈おなじ数〉という条件からはずれてしまう。

絶対におかしい。そんな数、ありっこないと思う。アイもみかんも、「ありえません、きっぱり！」という顔になっている。

「あっ、わかりましたよ！」

さけんで、たけるがメモ帳にその数を書きつけた。


【A30】

五十四。

つまりその数とは、漢数字だったのである。

「やられた！」
「ずるーい！」
「インチキ！」

ユウがアイがみかんが、抗議の声をあげた。ここまでずーっと、ふつうの数字問題を解いてきた。だからまさか、ここで漢数字がでてくるとは考えもしなかったぞ。飛鳥がニヤッとして、
「ふふふ。だから、少し趣向がちがうといっただろう。探偵はつねに、あらゆる可能性を考慮する必要があるということだな。漢数字がでてきたついでだ。諸君、これを解いてもらおうか。」
こんどは漢字だけの問題だった――。

【Q31】計算問題・四字熟語編

つぎの□にはいる数の合計を答えなさい。ただし解答するには、四字熟語の知識が必要となるからそのつもりで。

1＝□石□鳥＋□寒□温

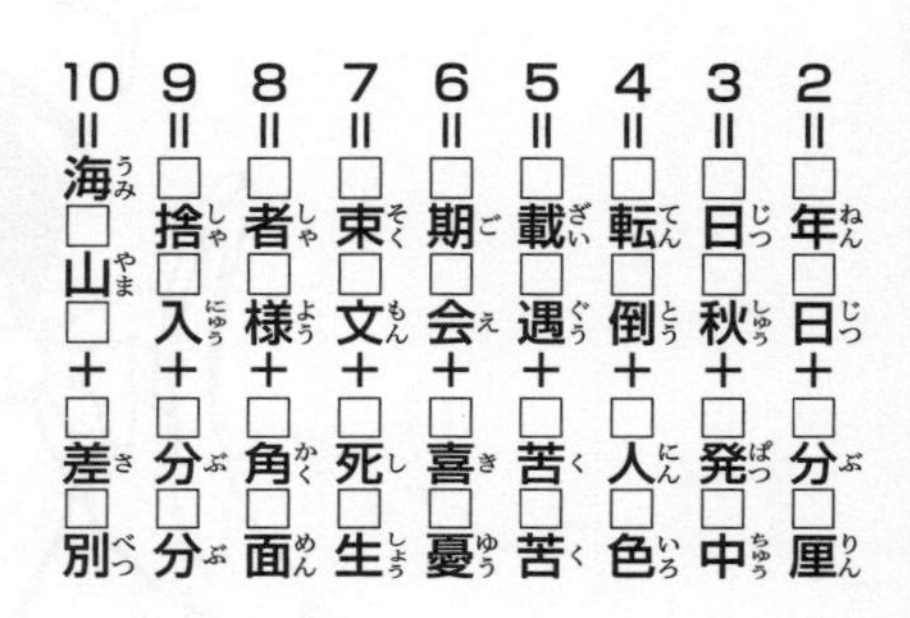
2＝□年□日＋□分□厘
3＝□日□秋＋□発□中
4＝□転□倒＋□人□色
5＝□載□遇＋□苦□苦
6＝□期□会＋□喜□憂
7＝□束□文＋□死□生
8＝□者□様＋□角□面
9＝□捨□入＋□分□分
10＝海□山□＋□差□別

女子組がアイコンタクトしているのがわかった。ふたりが申しあわせたように、

「これ、あたしたちでやりまーす！」

「は〜い、まかせてくださ〜〜い！」

アイとみかんは、かわりばんこに答えを口にするのだった。

【A31】

1＝一石二鳥＋三寒四温（1＋2＋3＋4＝10）
2＝十年一日＋九分九厘（10＋1＋9＋9＝29）
3＝一日千秋＋百発百中（1＋1000＋100＋100＝1201）
4＝七転八倒＋十人十色（7＋8＋10＋10＝35）
5＝千載一遇＋四苦八苦（1000＋1＋4＋8＝1013）
6＝一期一会＋一喜一憂（1＋1＋1＋1＝4）
7＝二束三文＋九死一生（2＋3＋9＋1＝15）
8＝三者三様＋四角四面（3＋3＋4＋4＝14）
9＝四捨五入＋五分五分（4＋5＋5＋5＝19）
10＝海千山千＋千差万別（1000＋1000＋1000＋10000＝13000）

女子組が解答終了した。男子組ふたりが、右手と左手で「○」サインをつくる。むずかしい問題ではなかったが、こうやってズラリとならぶとけっこう迫力がある。

「まあ、いまのはちょっと変化球だったが。ともかく、数をつかう問題はさまざまなパターンがあって、そのすべてを出題するのはムリだ。できたら自分でいろいろなパズル本にあたってみてほしい。ピタゴラスではないが、数は万物の根源なのだからな。」

なんだかテツガクみたいな言葉で、飛鳥がしめくくった。3時間目の「計算バトル」は、どうやらこれで終わりらしい……と思ったら、ぜんぜんちがった。

「さて、諸君。ここからは第二ラウンド、論理パズルの時間だ。」

あらたまった調子で、飛鳥先生は授業を続行するのだった。

「またまたネロの入学テストにもどるのだが、天秤でニセのコインを見やぶる問題があっただろう。あれはじつは、もう半世紀以上も前に考案された古典的論理パズルなのだ。これから、やはり偽コインを発見する問題をだす。こっちのほうが難解なので、じっくり考えてくれたまえ。画面ではなく、これはプリントで出題しよう。」

ひとりひとりに、飛鳥はプリントをくばりだした。でていたパズルは——。

【Q32】10枚の偽コイン

ここに10枚の袋があり、それぞれに1枚100グラムのコインが10枚ずつはいっている。

ただしこのうちの1袋の10枚だけは、1枚90グラムの偽コインだ。

さて、ここで問題。

どの袋に偽コインがはいっているか、秤をいちどだけつかって見やぶるには、どのようにすればよいか?

なお秤は天秤ではなくて、ふつうの計量秤である。

なんだって?

秤をたったいちどだけ?

10袋もあるっていうのに?

そんなの不可能じゃないのかよ?

ユウははじめっから「お手上げモード」になっていた。とてもじゃないが、できるとは思えないぞ。

「ムリよぉ、ムリ……。」

「ヤだヤだ、できっこないわ〜。」

アイもみかんもまゆをひそめて、首をふるふるさせる。

「いや、そう決めつけるのは早いと思いますね、ボクは。」

たけるが異議をとなえた。こういうケースがさっきからなんどもあった。するとコレも、きっちり解けるのだろうか。

「あ、解けました。こうするんです。」

マジで？　三人がじーっと見まもるなか、たけるはプリントに答えを書きこんだ。

【A32】

★手順１……10枚の袋に、「１」〜「10」の番号をふる。

★手順２……「１」の袋から１枚、「２」の袋から２枚、「３」の袋から３枚……というように順番にコインを取りだし、最後に「10」の袋から10枚のコインを取りだす。すると、コインの数は合計55枚になる。

★手順3……55枚のコインを秤にのせ、重さをはかる。このとき――。

★手順4……もしすべてのコインが本物なら、重さは5500グラム（100グラム×55）となるはずだ。しかし90グラムの偽コインがまじっているため、結果は以下のようになる。

▼「1」の袋が偽コインだった場合……90グラム×1＋100グラム×54＝5490グラム。

▼「2」の袋が偽コインだった場合……90グラム×2＋100グラム×53＝5480グラム。

▼「3」の袋が偽コインだった場合……90グラム×3＋100グラム×52＝5470グラム。

（以下、同様にして）

▼「10」の袋が偽コインだった場合……90グラム×10＋100グラム×45＝5400グラム。

★手順5……したがって、「10」の袋が偽コインなら100グラム少なくなり、「9」の袋なら90グラム少なくなり、「8」なら80グラム少なくなり……「1」なら10グラム少なくなる、というわけだ。

「正解だ。どうかね、諸君。論理パズルの醍醐味、ここにあり。そう思わないかね？」

飛鳥が「どや顔」になる。

うーん、マイった。ユウは頭をガリガリした。本当にきちんと解けるんだ。できないと思ってもちゃんとできる。いやあ、おもしろいもんだな、論理パズルって。

アイもみかんも、がぜん興味をひきつけられたらしい。口々に飛鳥をせっついた。

「飛鳥先生、もっとだしてくださーい、論理パズル！」

「つぎはどんな問題ですか～、飛鳥せんせ～い！」

「よろしい。では、リクエストにおこたえするか。つぎは川渡りパズルだ。」

宣言して、飛鳥先生がまたプリントをくばる。こんな問題だった――。

【Q33】旅人と吸血鬼

3人の旅人と3人の吸血鬼が、「世界の果ての魔法村」めざして旅をしていた。村にたどりつけば古い魔法の力がはたらいて、吸血鬼はもとの人間にもどれるのだ。

村の手前までさしかかったところに、大きな川が横たわっていた。川を渡るのには、ふたり乗りの小舟が1艘しかない。ふつうなら、「旅人・旅人」「旅人・吸血鬼」「吸血鬼・吸血鬼」のどれかの組み合わせでふたりで渡り、向こう岸についたら、ひとりがこちら岸へ引き返してくる。それをくりかえせばよい。

ところがやっかいな問題があった。旅人は3人とも舟がこげるが、吸血鬼はひとりしかこげない。しかもどちら岸にいるときでも、旅人は吸血鬼より多いか、同数でなければならない。でないと、吸血鬼が襲いかかってくるからだ。

さて。一行が無事に川を渡りきるには、どのようにすればよいか?

「は～い、飛鳥せんせ～い!」

みかんが元気よく手をあげた。もう解けたのかと思ったら、そうじゃなかった。

「吸血鬼は、昼間は棺桶で眠っているはずでしょう? どうして旅できるんですか～?」

「あ、あのねえ……そういうツッコミはやめてくれたまえ。これはパズルだぞ。」

「は～い、いってみただけです～～。」

飛鳥にたしなめられて、みかんはすぐに引き下がる。

よ、よーし！

ユウは燃えた。ここしばらく、たけるにおくれをとっている。この問題はなんとしても、ぼくが解答してみせるぞ！

考える……考える考える……考えて……三分後に答えがでた。


【A33】

〈解きかた〉舟をこげる吸血鬼を〈Q〉とすると——。
★手順1……まずQがこちら岸から向こう岸に2往復して、吸血鬼ふたりを渡す（図1）。
★手順2……Qがひとりでこちら岸にもどる（図2）。（この時点で、こちら岸には旅人3人・Q、向こう岸には吸血鬼ふたりがいる。）
★手順3……旅人ふたりが向こう岸に渡り、そのうちのひとりが吸血鬼ひとりとこちら岸にもどる（図3）。（この時点で、こちら岸には旅人ふたり・吸血

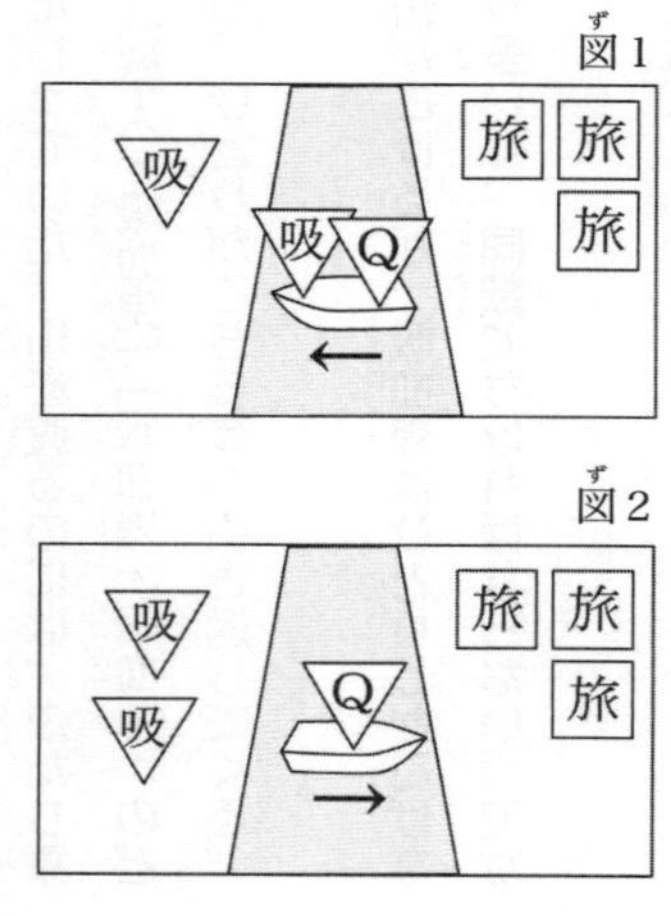

鬼ひとり・Q、向こう岸には旅人ひとり・吸血鬼ひとり。）

★手順4……旅人ひとりがQと向こう岸に渡り、旅人ひとりと吸血鬼ひとりがこちら岸にもどる（図4）。（この時点で、こちら岸には旅人ふたり・吸血鬼ふたり、向こう岸には旅人ひとり・Q。）

★手順5……旅人ふたりが向こう岸に渡る（図5）。（この時点で、こちら岸には吸血鬼ふたり、向こう岸には旅人3人・Q。）

★手順6……Qが向こう岸からこちら岸に2往復して、吸血鬼ふたりを渡す（図6）。

★以上で終了。

「よしよし、正解だ。どうかね、諸君。パズルを解くのは楽しくて、かつ孤独な作業だとは思わないか

図3

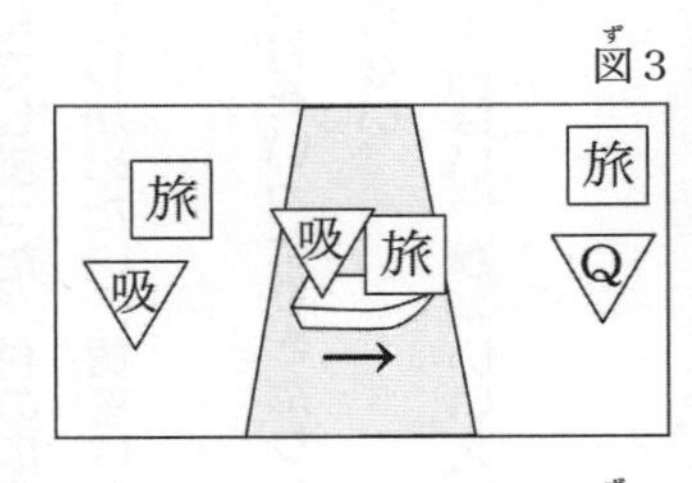

図4

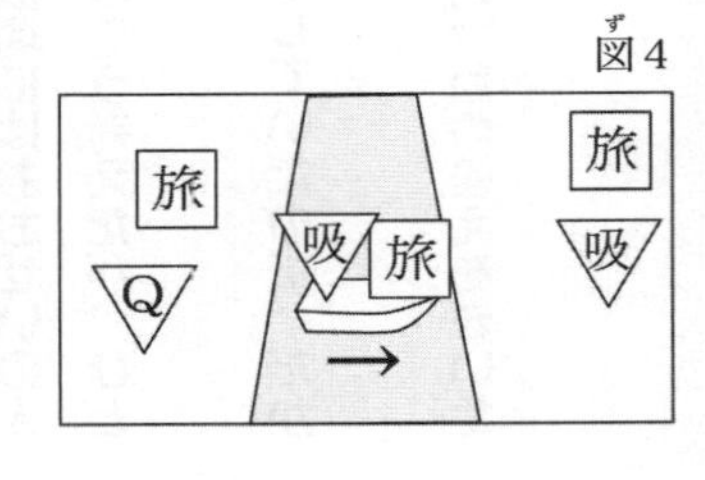

図5

旅
Q
旅
旅
吸
吸

図6

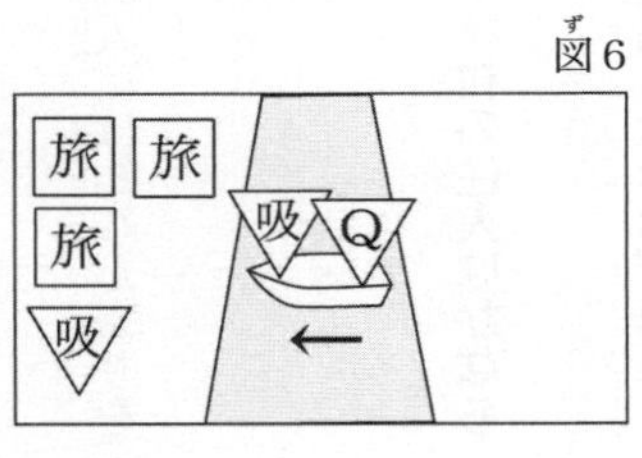

ね。論理パズルだけに、ロンリー・ロンリー、なんて。」
飛鳥先生がまたダジャレをいった。やっぱりつまらない。コマった顔の四人には知らんふりをして、こんどは2問まとめて出題があった。

【Q34】妖精村と幽霊村

遠い遠い山奥に、「妖精村」と「幽霊村」というふたつの村があった。妖精村の住人はかならず正しいことをいい、幽霊村の住人はかならずウソをつく。

あるとき、ひとりの賢者がどちらかの村にまよいこんでしまった。村の広場にはおおぜいの人がいた。だれかひとりに質問し、どちらの村なのかをたしかめたい。賢者はそう考えたが、ひとつ問題があった。

ふたつの村はいろいろと交流があり、村人は両方の村をいったりきたりしていたのだ。だから、たまたま話しかけた人が、その村の住人とはかぎらない。

しかし賢者はひとことだけ質問をして、その答え――「はい」か「いいえ」かの答えをきいただけで、どちらの村かすぐ見やぶってしまったという。

さて、賢者はなんと質問したのか?

【Q35】リーダーはだれ？

クラスメイトのAくん・Bくん・Cくんの3人が、ミステリー研究会を結成した。そこまではよかったのだが、思いがけないトラブルが起きた。だれがリーダーかで、いいあらそいになったのだ。

Aくん「このなかで、海外ミステリーをいちばん読んでいるのはオレだ。トーゼン、このオレがリーダーだ！」

Bくん「海外はそうかもしれないが、日本の推理小説ならぼくがいちばん読んでいる。リーダーにふさわしいのはぼくだね！」

Cくん「本はともかくとしてさ。パズルならば、ボク、だれにも負けないぞ。リーダーはボクに決まってるさ！」

結論はでなかった。しかたがないので、顧問のD先生に決めてもらうことにした。

D先生は一計を案じた。3人に目かくしをすると、こう告げた。

D先生「これからおまえたちのひたいに、〈探偵スタンプ〉か〈犯人スタンプ〉を押す。目かくしを取り、だれかのひたいに〈犯人スタンプ〉を見つけたら、すぐに手をあげろ。そして自分のスタンプはどちらかを推理し、最初にわかったヤツがリーダーだ。」

全員のひたいに〈犯人スタンプ〉を押し、D先生は合図した。

「よし、目かくしを取れ、いちにのさん！」

3人は目かくしをはずした。ボクのは〈犯人スタンプ〉だ！」

いっせいに手をあげた。しばらくして、Cくんがいった。

「わかった！ ボクのは〈犯人スタンプ〉だ！」

Cくんは、どのように推理したのか？


カリカリ、カリカリカリ。シャーペンの音とともに、男子ふたりがプリントに解答を書きこんでいく。

「妖精村と幽霊村」は、たけるが。

「リーダーはだれ？」は、ユウが。

どちらも正解だった。

いっぽう、熱心にリクエストしたわりに、女子組は論理パズルはさっぱりらしい。アイもみかんも、プリントの手がとまったままだった。

ま、得手不得手っていうのはだれにでもあるからなあ。ユウは肩をすくめた。ぼくだって、たとえば「サメとフカのちがいはなにか、百字以内で説明しなさい。」なんていわれたら答えられないし……って、どうして「フカとサメ」なのか、いってる自分でも謎なんだけど……。

【A34】

賢者はこう質問したのだ。

「あなたはこの村に住んでいますか？」と。

このときの反応は、以下の４パターンが考えられる。

1＝そこが妖精村で、きいた相手も妖精村の住人だった場合……相手は正直に返事するので、答えは「はい」となる。

2＝そこが妖精村で、きいた相手が幽霊村の住人だった場合……相手はウソをつくので、答えは「はい」となる。

3＝そこが幽霊村で、きいた相手が妖精村の住人だった場合……相手は正直に返事するので、答えは「いいえ」となる。

4＝そこが幽霊村で、きいた相手も幽霊村の住人だった場合……相手はウソをつくので、答えは

「いいえ」となる。

したがって、答えが「はい」なら妖精村、「いいえ」なら幽霊村というわけだ。


【A35】

Cくんはこんなふうに推理したのだ。

1＝もしボクのひたいに、〈探偵スタンプ〉が押されていたとしたら。

2＝その場合、Aが手をあげるのを見たBは、すぐさま「自分のひたいのは〈犯人スタンプ〉だ！」とわかるはずだ。

3＝なぜならAが手をあげたのは、Bのひたいが〈犯人スタンプ〉の場合しか考えられないからだ。

4＝しかしBはわからないままでいる。

5＝ということは、ボクのひたいのスタンプが〈探偵スタンプ〉のはずがない。

6＝したがって、ボクのひたいに押されているのは〈犯人スタンプ〉だ！

「おおっ！　いいぞいいぞ、たける……いいぞの二乗！　やるなやるなやるな、ユウ……やるなの三乗！」

飛鳥がコーフンぎみに声をはりあげた。さっきから、「秀才一直線」のイメージがガラガラと音をたててくずれおちていく、ような気がする。

「よーし、どんどんいこう！　つぎは論理パズルの名作ちゅうの名作、赤い帽子と白い帽子……。」

ジリリリリーン。

いつものベルが鳴りひびいた。３時間目終了の合図にちがいない。

「はーい、おしまいよ、飛鳥。」

ウエーブがかった長い髪で、フランス人形みたいな美少女が駆けこんできた。ネコだった電子探偵団員・神岡まどかだ。

「たのむよ、まどか、あと1問だけ。ここからがクライマックス……。」

「だーめ！」

まどかがぴしゃりと却下した。さっきのダイ先生のときとおなじパターンだ。

「つぎのわたしの授業、準備に時間がかかるんだからあ。退陣退陣、鬼退治ん、なんてちょっと苦しかったかしらあ。」

わけのわからないギャグで飛鳥を追いだすと、まどかは四人の生徒に向かって、

「それじゃ、準備しまーす。みんなは『ブースD』で、探偵談義しててにゃん。にゃにゃ？」

おしまいのは、「いい？」と念押ししているのだろうか。というか、そもそもなんでネコ語なのか？　よくわからないけど……ま、それはともかくとして。

いわれるままに、ユウ&アイ&みかん&たけるは、「ブースD」へと移動した。

《探偵談義その4＠ブースD》

「少しあいだがあいちゃったけど「輝け！　名探偵ベスト3」のつづき、あたしの番だよねっ！」

「ブースD」の席につくや、アイがいきおいこんで口火を切った。

「ベストワン探偵は、いったでしょ。思考機械。ではでは、2位と3位はだれか？　ジャジャジャーン、発表しまーす！」

とっくに書きつけてあったらしいメモ帳を、アイはデスクにひろげた。シャーペンの文字で、こうあった。

〈2位＝ミス・マープル。3位＝サム・ホーソーン。〉

「あ、知ってる知ってる、ミス・マープルさん。作者はたしか、アガサ・クリスティさんよね。けどぉ、サム・ホーソーンさんはだれかしら～？　わたし、きいたことないで～～す。」

みかんが口をだした。まったくおなじことをユウも思っていた。なにものだろう、サム・ホーソーン？

「それじゃ、解説するよっ。」

目をかがやかせて、アイがレクチャー・スタートした。

「2位のミス・マープル……本名、ジェーン・マープル。クリスティの名探偵といえば、〈灰色の脳細胞〉のエルキュール・ポアロが有名だけど、あたし的にはこのヒトのほうが好きだなっ……。」

イギリスのセント・メアリ・ミード村に住むミス・マープルは、編み物や裁縫、庭いじりが趣味の老婦人だ。ほとんど村から外にでることもなく、平穏な暮らしを送ってきた。

そんな彼女の家で、「火曜クラブ」という会合が毎週ひらかれるようになる。作家をはじめ数人のメンバーがあつまり、自分しか真相を知らない謎の事件の話をする。そしてほかのメンバーに「この謎がわかるか？」とせまるのだ。

だれもわからない。ところが、編み物をしながらきいていたミス・マープルだけはべつだった。過去にセント・メアリ・ミード村であったできごとをひきあいにだして、あっさりと真相をいいあててしまうのだった……。

「ねっ、すっごくカッコいいでしょ、ミス・マープル。人間観察力がすぐれているっていうかさっ。あたしも彼女みたいな探偵になりたいな。えっと、いまの話は……。」

短編集『ミス・マープルと13の謎』(創元推理文庫)に収録されている。ミス・マープルのデビュー作品だ。彼女はほかにも、いろんな長編や短編に登場している。なにしろいっぱいあるから、あたしもまだ読みきれていない。けど、いずれは全編読破するつもりだ。そういうと、アイは話をチェンジした。

「つぎにいくねっ。3位のサム・ホーソーンは、もうずいぶん年をとったお医者さんでね……。」

事件の話はすべて、お酒を一杯やりながら本人が回想の形で語る、というスタイルをとっている。手がけた事件の大半は、「不可能犯罪」とでもいうべき奇妙・奇怪なものばかりなのだ。たとえば——。

トンネルのようになっている橋を渡っている馬車が、途中で消失してしまったり。

打ち上げ花火があがったのと同時に、黒いマントの犯人が音楽堂の舞台に駆けあがり、その場にいた町長をナイフで刺殺して、そのまま煙のようにかき消えてしまったり。

学校でブランコをこいでいた少年が、先生が数秒だけ目をはなしたすきに消えてしまい、「誘拐した」との電話が家にかかってきたり。などなど。

「ねっ、『そんなバカな!』っていいたくなるような事件ばっかりでしょ。それを、ホーソーン医師はみごとな推理でズバズバ解決しちゃうの。はたして真相はどうだったのかは、読んでみてのお楽しみっと。」

ふむ、不可能犯罪ときたか。そいつはホントにおもしろそうだぞ。きいているだけでユウはゾクゾクしてきた。ぜひとも読まなくっちゃな！

たけるもそう思ったようだ。身を乗りだしてアイに問いかけた。

「それはなんという本で、作者はだれなんですか？」

「いけない、いいわすれてたっけ。『サム・ホーソーンの事件簿I〜VI』（創元推理文庫）っていう本で、作者はエドワード・D・ホックね。以上、レクチャーおしまい。つぎは……。」

さっきの飛鳥先生のように、アイは「☞」とたけるを指名して、

「たけるの1位は、名探偵カッレくんだったよね。2位と3位は？」

「はい、発表します。ただし、ボクは2位までにさせてもらいます。以下はもう、順位がつけられなくなってしまって。では、いいますね。その探偵とは……。」

ひと呼吸おいて、たけるは名前を告げた。

「給仕のヘンリーです。」

なにっ、給仕？　カフェとかレストランとかの？　ユウは意表をつかれた。

ミステリーには専業の探偵のほかに、いろんな仕事を持つ探偵がいる。探偵、作家で探偵。ミュージシャンで

シャンで探偵、カメラマンで探偵、本屋で探偵、俳優で探偵、先生で探偵、パン屋で探偵、などなど。けど給仕で探偵っていうのは、あんまりきいたことないぞ……。

「ヘンリーがでてくるのは、SF作家としても有名なアイザック・アシモフの短編集『黒後家蜘蛛の会1〜5』（創元推理文庫）で、こんなふうな設定です……。」

ニューヨークのあるレストランで月にいちど、「黒後家蜘蛛の会」という会合がおこなわれている。メンバーは作家・画家・数学者・特許弁護士・有機化学者・暗号専門家の六人にくわえて、ゲストが毎回ひとりいる。

食事しながらさまざまな話に花を咲かせるうち、やがてゲストがおかしな体験談――謎のできごとを語りだす。これをめぐって、メンバーはあれこれと推理を戦わせるが、けっきょく結論はでない。

「そこに登場するのが、給仕のヘンリーなんです。みんなの会話をきいていたヘンリーは、だれも気づかなかった真相を、幅広い知識とみごとな推理力とでズバリといいあててしまう。短編はぜんぶで六十五編あり、どれもおもしろいものばかりなのですが、そのなかでもボクがいちばん印象深かったのは、二巻目に収録されている『終局的犯罪』ですね。こんな話です……。」

その日のゲストはシャーロキアン――シャーロック・ホームズの熱狂的なファンだった。ホームズの宿敵・モリアーティ教授に関心があるといい、思いがけないことをしゃべりだした。長編『恐怖の谷』に、モリアーティが発表した「小惑星の力学」という論文がでてくる。ただし名前だけで、内容についてはなにも書かれていない。いったいどういう論文なのだろうか、と。

メンバーはさまざまな思いつきを口にするが、決定打は飛びださない。そこへ「ひとつよろしゅうございますか？」とすすみでて、だれもがあっとオドロく推理を披露したのが、われらがヘンリーだった……。

「ネタバレになってしまうので、ここでは話せません。みんな、ぜひぜひ読んでみてくれませんか。絶対のおすすめですから。」

「うん、読む！」

「あたしもっ！」

「わたしも～！」

ユウ&アイ&みかんがいっせいに返事した。そこまで熱弁をふるわれた以上、ミステリー・マニアとしてダマっていられっこないじゃないか。ユウは心に決めた。すぐ読む、あした読むぞ！

「それはそうと……ずいぶんおそいわね～、まどか先生。」

ブースのスピーカーに目をやって、みかんがつぶやいた。そういえばそうだ。準備に時間がかかるとかいっていたけど、なにをやってるんだろうか。と。

ジリリリリーン。

まるでタイミングを見はからっていたかのように、ベルが鳴りひびいた。スピーカーからネロの声が流れてくる。

「ようやく準備ができた。諸君、いそいで集合してくれたまえ。まどか先生の授業は、きっとおもしろいと思うぞ。ふふふ。」

最後の「ふふふ。」はなんだろうと思いつつ、四人は「ブースD」をでていった。

【4時間目】図形でドーン！ byまどか

教室にもどった四人――夏木ユウ&雪野アイ&大崎みかん&ソムトウたけるは、

（・・）（・・）（・・）（・・）

全員、「目が点」状態になった。

半月形の大テーブルの上には、箱・箱・箱・箱・箱・箱……タテ・ヨコ・高さ三十センチぐらいの立方体の箱が、いくつもならんでいたからだ。どの箱も、フタにネコの絵が描かれている。

白ネコ、黒ネコ、三毛ネコ、茶トラ、サバトラ、シャム、ペルシャ、アメショー（アメリカン・ショートヘア）など。

「なにっ？」

「なんなの？」

「なんですか？」

アイとみかんとたけるがつぶやく。

もしかして、とユウは思った。ネロの「ふふふ。」はコレのことだったのかも。それはそうと、かんじんのまどか先生はどこにいるんだろ……と思った瞬間。

「♪ニャーホ～、ホートニャンニャンニャン～、ニャホ、ホートニャンニャンニャン～、ニャホ、ホートニャンニャン～、ニャホ、ホートニャンニャンニャン～～。」

なぜか「おおブレネリ」を歌いながら、まどかが姿をあらわした。しかもネコ語だ。

な、なんだなんだ？

ボーゼンとする四人の前で足をとめると、まどかは一転、大まじめな顔で宣言するのだった。

「4時間目の授業なのよ。みんな、しっかり解くのよ。はじめるわよ、図形でドーン！」

☆

「図形のパズルっていうと、マッチ棒をつかうのがすぐ思いうかぶでしょ。はじめに有名も有名、超有名なマッチ棒パズルを2問だしまーす。じつはこの問題って、わたしたち電子探偵団がでてる『パスワード「謎」ブック』でいちど出題しているんだけどぉ、古典的で基本的なパズル

だから、みんな、入門編としてトライしてみてね。」

そういうと、まどかはテーブルの下側に手をのばし、長さ二十センチぐらいのスティックを取りだした。裏にはりつけてあったようだ。

孫の手だった……いや、ちがう。先っぽはネコの手の形になっている。

「ヒデ丸の手っていうのよ、これ。わたしが好きなネコ漫画のキャラなの。その絵を見て、自分でつくってみたの。」

むむむ。ユウは頭がいたくなった。なにを考えてるんだろう、まどか先生って。よくわからないぞ。アイもみかんもたけるも、「謎っ！」という顔つきだ。

トントントン。

「ヒデ丸の手」で、まどかが左端の箱のフタをたたいた。白ネコの絵のフタだ。フタがひらいた。そのとたん。

ビヨ〜〜ン。

箱のなかから、バネ仕掛けの白い招きネコが飛びだしてきた。びっくり箱だったのだ。

「うひゃあ！」

予想もしていなかった展開に、全員がマジでびっくり声をあげる。

見れば「おいでおいで」をしている招きネコの手から、ミニチュアの掛け軸がたれさがっていた。そこに、こんな文と絵があった。

【Q36】マッチ棒パズル・入門編

1＝これはちりとりです。マッチ棒を2本うごかして、なかのゴミを外にだしなさい。

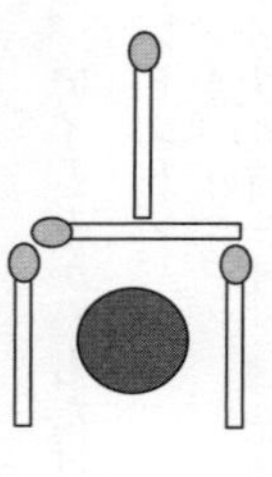

2＝正方形が5個あります。マッチ棒を3本うごかして、正方形を4個にしなさい。なお、できあがった形は左右対称になります。

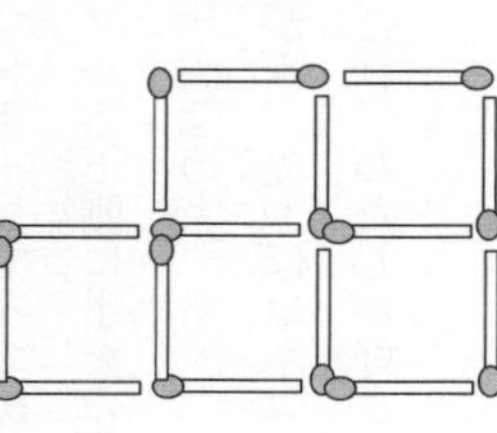

ああ、どこかで見たことあるな、1のちりとりの問題。ユウはコクンコクンした。すなおに考えれば、二本うごかすだけではゴミはだせない。ということはすなおに考えてはいけないのだ……うん、できた！

「ちりとりのパズル、解けたぞ！」

ユウとほとんど同時に、アイからも声があがった。

「あたしも解けたよっ、ちりとり！」

つづけざまに、みかんとたけるが名乗りをあげた。

「はーい、できました〜。わたしは正方形のほうで〜す。」

「ボクもわかりましたよ、正方形のパズル。これは口でいうより、図にしたほうが早いと思うんですが。どうでしょうか、まどか先生？」

返事するかわりに、まどかは「ヒデ丸の手」で招きネコの頭をトントンたたいた。掛け軸の上からもう一枚、べつの絵がスルスルさがってきた。

「みんなのことだから、これくらいトーゼン答えられるわよね。そう思って、わたし、正解図を用意しておいたの。ほら、これよぉ、これ！」

【A36】

1=これでゴミがでた。横棒を半分だけずらす、というのが盲点だ。

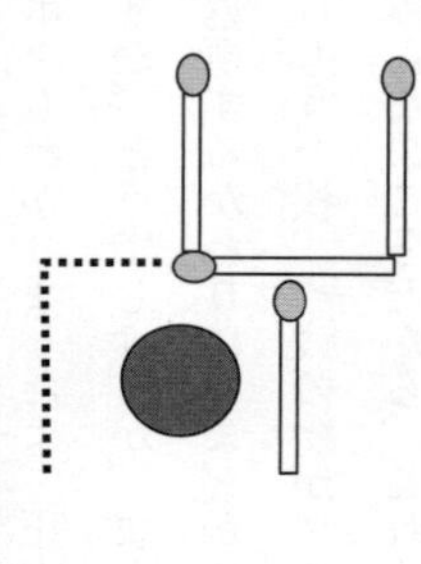

2=つながっている正方形をうまく切りはなして、べつの正方形をこしらえるのがコツだ。なお、ほかの解答も考えられる。

最初の問題はらくらくクリアできた。よーし、この調子でガンガンいくぞ。どんなのだって、絶対に正解してみせるから！

ユウはファイトまんまんで、まどかにチャレンジ視線を向ける。アイもみかんもたけるも、口々にまどかをせっついた。

「それで？」

「つぎは？」

「なんですか？」

トントントン。まどかがまた、ヒデ丸の手で箱のフタをたたいた。こんどは黒ネコの箱だ。

間髪を入れずに、黒い招きネコがビョ〜〜ンと飛びだしてきた。やはり手から掛け軸がたれさがっている。

あれ？　ユウは目をみはった。漢字みたいなものが書かれていたからだ。「入門編」のあとはトーゼン、マッチ棒パズル「難問編」かと思ったのにちがうのか。ほかの三人もハテナ目になっている。

「あらら。やだ、まちがえちゃったわ。黒じゃなくて、三毛だったかしらあ……ま、いいわよね、どっちみちあとでだすつもりだったしぃ。せっかくだから、こっちを先にやりまーす！」

しれっとした顔で、まどかは出題スタートするのだった。

「お寿司屋さんにいくとよく、魚の漢字がいっぱい書いてある湯飲みがあるでしょ。魚へんに〈弱〉でイワシとか、〈青〉でサバとか、まるでパズルみたいだと思わない？　じゃ、ここでホントのパズルでーす！」

【Q37】魚へんな漢字

つぎの「漢字」はすべて、海の生き物の名前をあらわしている。なんと読むか？

(1) [魚＋重]（　　）

(2) [魚＋毒]（　　）

(3) 鯠（　　）

(5) [魚＋立]（　　）

(6) [魚＋A]（　　）

(7) [魚＋AB]（　　）

(9) [魚＋走]（　　）

(10) 鮷（　　）

(11) [魚＋子]（　　）

(4) 鯱(　)　(8) 鯲(　)

ああ、これはそんなにむずかしくないな。見たとおりのものもあるし。「うん。」とうなずきあうと、四人は順番に答えを口にした。

【A37】

1＝マグロ。(コレって、はっきりそのまんまだよな。ユウ解答)

2＝フグ。(毒のある魚だもん。アイ解答)

3＝コイ。(説明不要よね〜。みかん解答)

4＝アジ。(「あし」に濁点がついていますから。たける解答)

5＝タチウオ。(あはは、コレもそのまんまだぞ。ユウ解答)

6＝エイ。(「アルファベットの先頭の魚はなにか?」っていうパズルになるよねっ。アイ解答)

7＝エビ。(でも〜、アルファベットの先頭なら、こっちもそうじゃないかしら〜。みかん解答)

8＝タコ。(足が8本といえば決まりですね。たける解答)

9＝イカ。（たけると同様。ユウ解答）
10＝カツオ。（サザエさんの弟はカツオくんできまりでしょ！　あれっ、でも、サザエって魚じゃなくて貝だっけ？　アイ解答）
11＝タラ。（だったらこっちはサザエさんの子どものタラちゃんです〜。って、やっぱり魚と関係ないわよね。ちょっとムリがあると思うんですけど、この二問。みかん解答）

「正解正解正解正解正解正解正快晴快晴快晴快晴……いいお天気ねー、なんて。」

意味不明なギャグをいいながら、まどかは黒い招きネコの頭をヒデ丸の手でトントンした。スルスルスル。べつの掛け軸がおりてくる。

「ヘンな漢字、もうひとついきまーす。はいっ、なんて読むでしょう？」

【Q38】もっとヘンな漢字

(1) 少　(2) 多　(3) 耳　(4) 雨

(5) 兄兄　(6) 太　(7) 谷　(8) 学

うんうん、これも楽勝だ。前問同様、四人は解説入りでつぎつぎと答えを告げていった。

【A38】

1＝めちゃ少ない。（「少ない」よりも1本、線が少ないから。ユウ解答）

2＝1・5倍。（「多い」より「夕」がひとつ多いから。アイ解答）

3＝右耳。（つまり「耳」とペアで両耳なんで〜す。みかん解答）

4＝雨もり。（「雨」からしずくがたれていますからね。たける解答）

5＝二月三月。（兄がふたり……兄さんがツー……二・三月……って、これ、ちょっと苦しくないかなあ。ユウ解答）
6＝ふとったイヌ。（説明不要でしょ。アイ解答）
7＝ワン。（セントバーナード犬が口をあけてほえてるみたく見えるからなの～。みかん解答）
8＝あぶなーい！（この字というか図、火がついてるコンロを子どもが頭にのせているように見えませんか。そんなところを目撃したら、だれでもこうさけぶと思います。たける解答）

「ふーん、すごいわねー、みんな。ホントいうと、5の答えは〈双子の兄〉のつもりだったのぉ。でもユウの答えのほうがおもしろいわね。そっちを正解にしまーす。」

いいながら、まどかが白ネコと黒ネコの箱を下におろした。そのぶんだけ、テーブルに空きスペースができる。

「それじゃそれじゃ、マッチ棒パズルのつづきをやるわよー。こんどはまちがわないように。三毛だったわよね……あれっ、茶トラだっけ……やーん、どっちだかわすれちゃったわ。いいわいいわ、こういうときはてきとうで……。」

トントン、トントン。

ヒデ丸の手で、まどかがサバトラの絵のフタをたたいた。

「いいのか、あれで……。」

「さあ、どうだか……。」

ひそひそ声をかわすユウとアイの目の前で、パカンとフタがひらいた。

ビヨ〜〜〜ン。バネがのびあがる。

当然、サバトラの招きネコが……と思いきや、ちがった。バネの先にはひらべったい台座がくっついていて、上にビッグサイズのマッチ箱がのっていたのだった。

「やっぱり、この箱でよかったんだわ。正解正解正解正解正快晴快晴快晴……あら、さっきやったわよね、コレ……。」

ぶつぶついいながら、まどかがマッチ箱を取りあげて大きくかたむけた。

ザラザラザラザラ。

上側にあいている口から、大量のマッチ棒がテーブルにこぼれでる。

「マッチ棒パズルのつづき、基本問題から、いきまーす。」

まどかはこぼれたマッチ棒をひろって、テーブルの空きスペースに、パズルを四題ならべていった……。

【Q39】マッチ棒パズル・基本編

マッチ棒を1本うごかして、式が正しくなるようにしなさい。

(1) 9＋2＝6

(2) 4－2＝5

(3) 5－9＝6

(4) 5＋3＝6

なるほど、たしかに「入門編」よりは少しむずかしい。といっても、そんなにたいしたことはない。ユウ・アイ・みかん・たけるはひとりずつテーブルのマッチ棒をうごかして、正しい式にチェンジした。

【A39】

1＝〈＋〉のタテ棒をうごかして、〈9〉を〈8〉にする。（ユウ解答）

2＝〈4〉のヨコ棒を上にうごかして、〈7〉にする。（アイ解答）

3＝〈9〉の左上のタテ棒をどかして〈3〉に、その棒を〈5〉の右上に加えて〈9〉にする。
（みかん解答）

4＝〈5〉の左上のタテ棒を、右上にうごかして〈3〉にする。（たける解答・ただし別解もあり＝〈＋〉のタテ棒を〈5〉の左上に移動して、〈9－3＝6〉にする。）

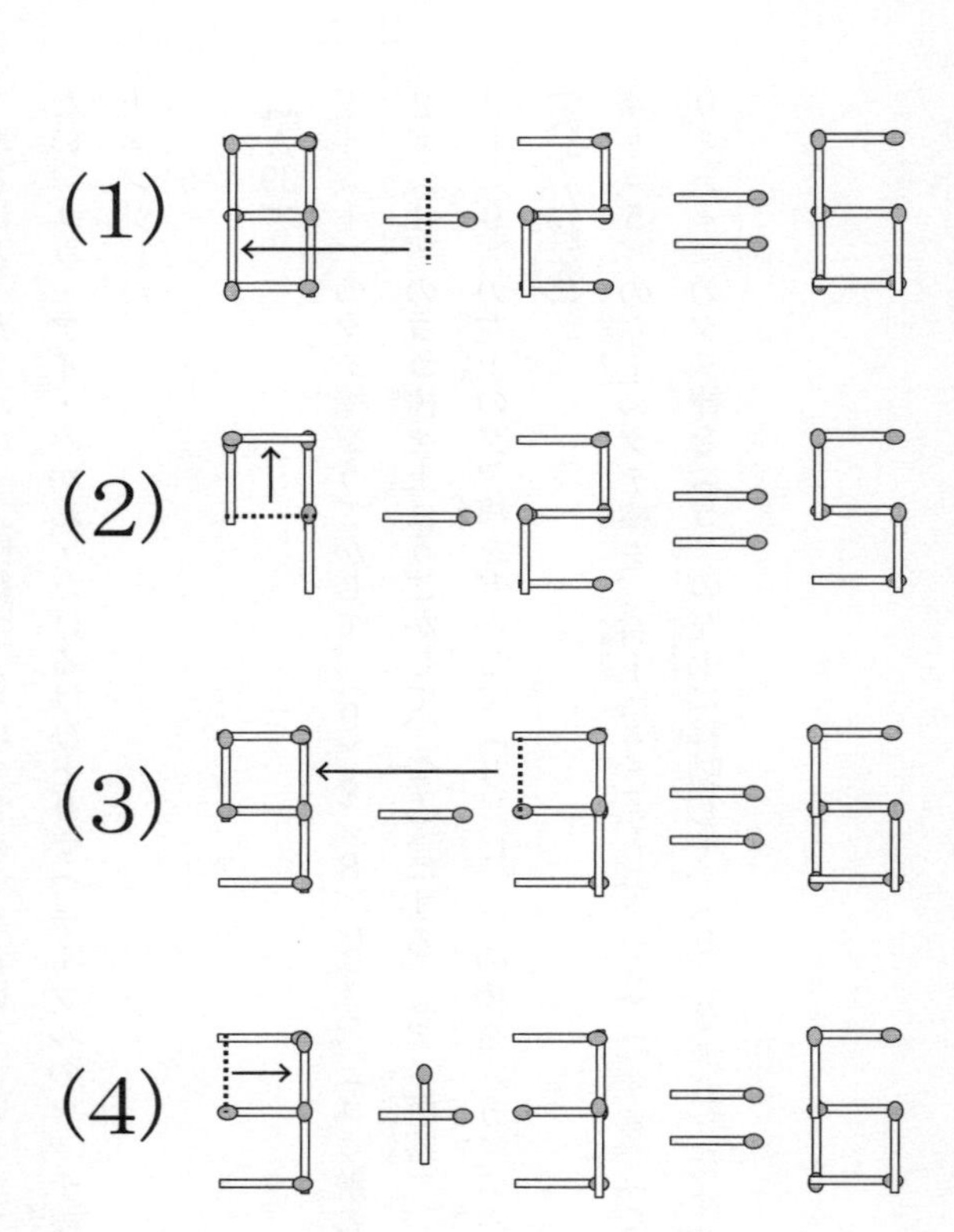

これで文句なしのはずだ。テーブルにならんだ解答図を四人は再確認する……しようとしたが

できなかった。

「ピンポンピンポン、ピンポーン！」

擬音で「正解でーす！」と告げながら、まどか先生がバラバラにくずしてしまったからだ。その指で、テーブルに新しい問題をならべていく。

「時間がないからどんどんいくわね。つぎは応用問題。さあ、これはどうかしらあ？」

新たなマッチ棒パズルが、テーブルにせいぞろいした。

【Q40】マッチ棒パズル・応用編1

1＝ここに9本のマッチ棒があります。これをうごかして、10本に見えるようにしなさい。

2＝「1」のマッチ棒から2本を取りのぞいて、あいだに「＋」と「＝」を書き足しましたが、正しい式になっていません。2本うごかして、正しくなるようにしなさい。

3＝マッチ棒を1本うごかして、式が正しくなるようにしなさい。

4＝①2本のマッチ棒で「日」を、②3本のマッチ棒で「目」を、③4本のマッチ棒で「田」を、④おなじく4本のマッチ棒で「品」をつくりなさい。

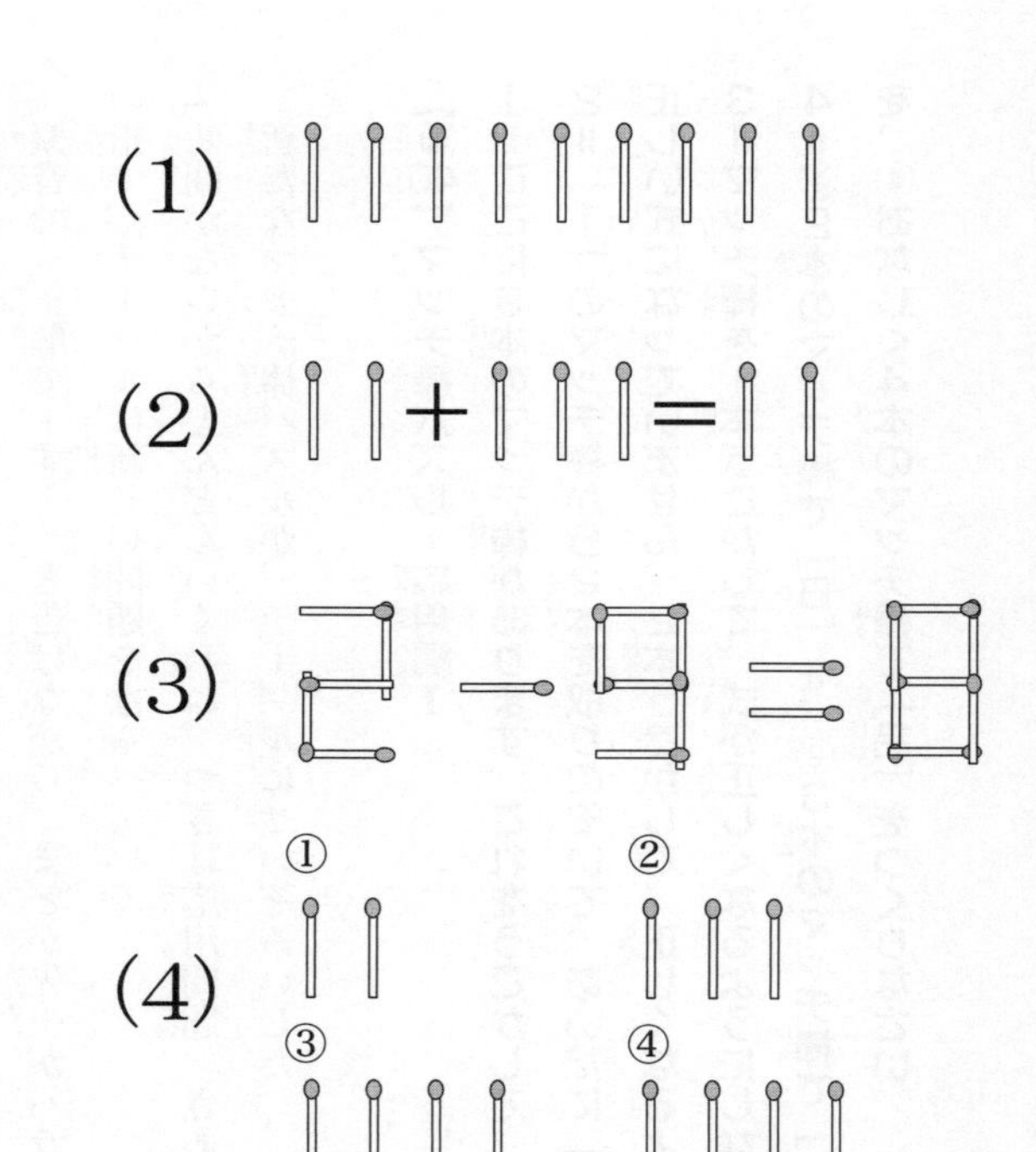

おもしろい！
全員がノリノリになって、リアル・マッチ棒パズルに取り組んだ。

「1」のマッチ棒には、ユウが。

「2」のマッチ棒には、アイが。

「3」のマッチ棒には、みかんが。

「4」のマッチ棒には、たけるが。

　こうやって自分の手でマッチ棒をうごかしてみるとまた、頭の回転が早くなるような気がする。事実、全員が一分未満で答えをだしていた。


【A40】

1＝9本のマッチ棒で、英語の「TEN（10）」をつくる。

2＝右辺の「Ⅱ」をうごかして、「V」にする。つまり、ローマ数字の計算式なのだ。

3＝まず、右の「＝」の下のマッチ棒を、左の「－」の下にうごかす。

　そうしたら、テーブルの反対側に移動して見てみると……こうなる。

4＝どう考えても①「日」は5本、②「目」は6本、③「田」も6本、④「品」にいたっては12本のマッチ棒が必要だ。そこで発想をチェンジする。2本・3本・4本のマッチ棒をそれぞれ図のようにかさねて、お尻の形を見る。すると……、「日」「目」「田」「品」がみごとに完成している。

テーブルの上に、マッチ棒でできた正解図がならんだ。

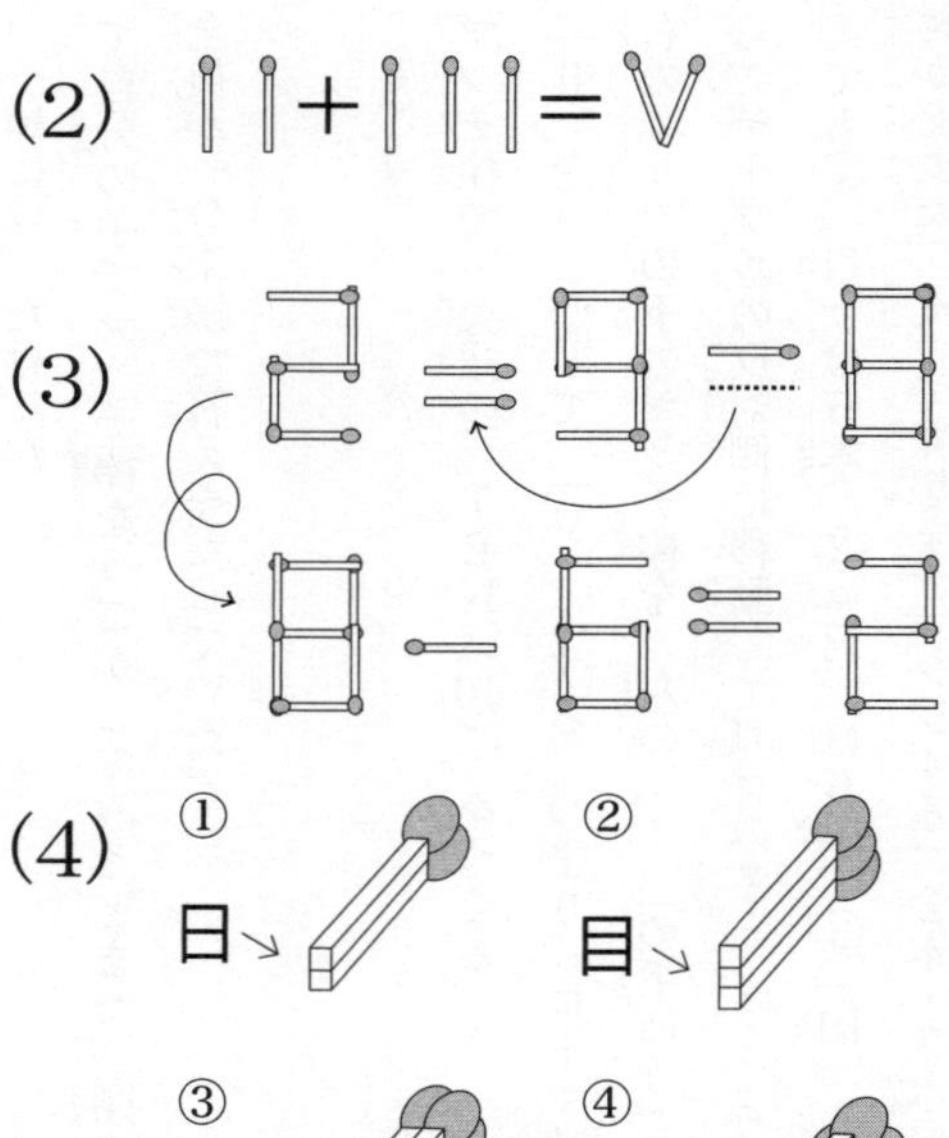

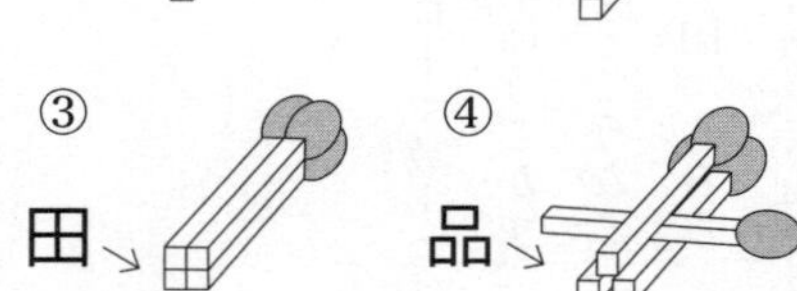

「♪ニャーホ〜、ホートニャンニャンニャン〜、ニャホ、ホートニャンニャンニャン〜。」

まどかがまた「おおブレネリ」をネコ語で口ずさみながら、ヒデ丸の手で正解図をバラバラにして、べつの図形につくりかえていった。

「マッチ棒パズル応用問題、これで最後なのよ。こんどはできるかしらあ?」

【Q41】マッチ棒パズル・応用編2

1＝3本のマッチ棒で三角形を、4本のマッチ棒で四角形をつくるのはかんたんです。では、5本のマッチ棒で円がつくれるでしょうか? (なおこの問題は、パズル作家・故芦ケ原伸之先生著『一生遊べる奇想天外パズル』(光文社文庫)より引用させていただきました。)

2＝マッチ棒13本でできた、6ぴきのハリネズミの家があります。ところが右端の1本が折れて、つかえなくなってしまいました。のこりの12本で、おなじ大きさの家を6つつくりなおすには、どうすればよいでしょうか?

3＝6本のマッチ棒があります。これをつかって、正三角形を8つつくりなさい。

4＝このようにならべると、9本のマッチ棒で正三角形が4つできます。では、6本のマッチ棒で正三角形を4つつくるには、どうすればよいでしょう?

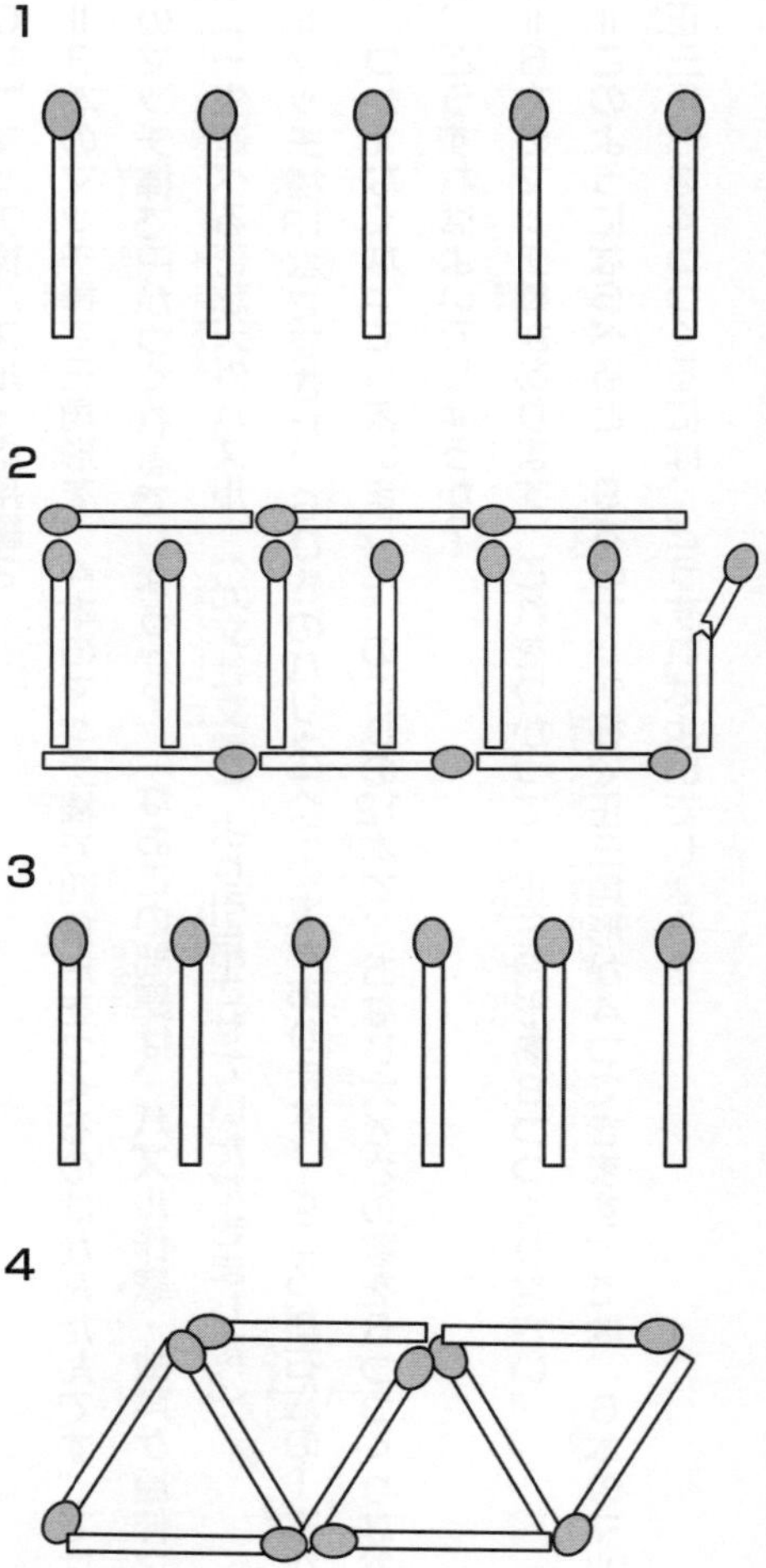

1

2

3

4

ディスカッション方式で、四人は問題に取り組んだ。1と2と3は、すぐに答えがでたが……。

【A41】

1＝図のように「￥」マークをつくればよい。

2＝正六角形をつくり、図のように区切ればよい。

3＝図のように、正三角形が逆向きに重なった形——「ダビデの星」形にする。大きいのがふたつ小さいのが6つで、計8つの正三角形ができる。

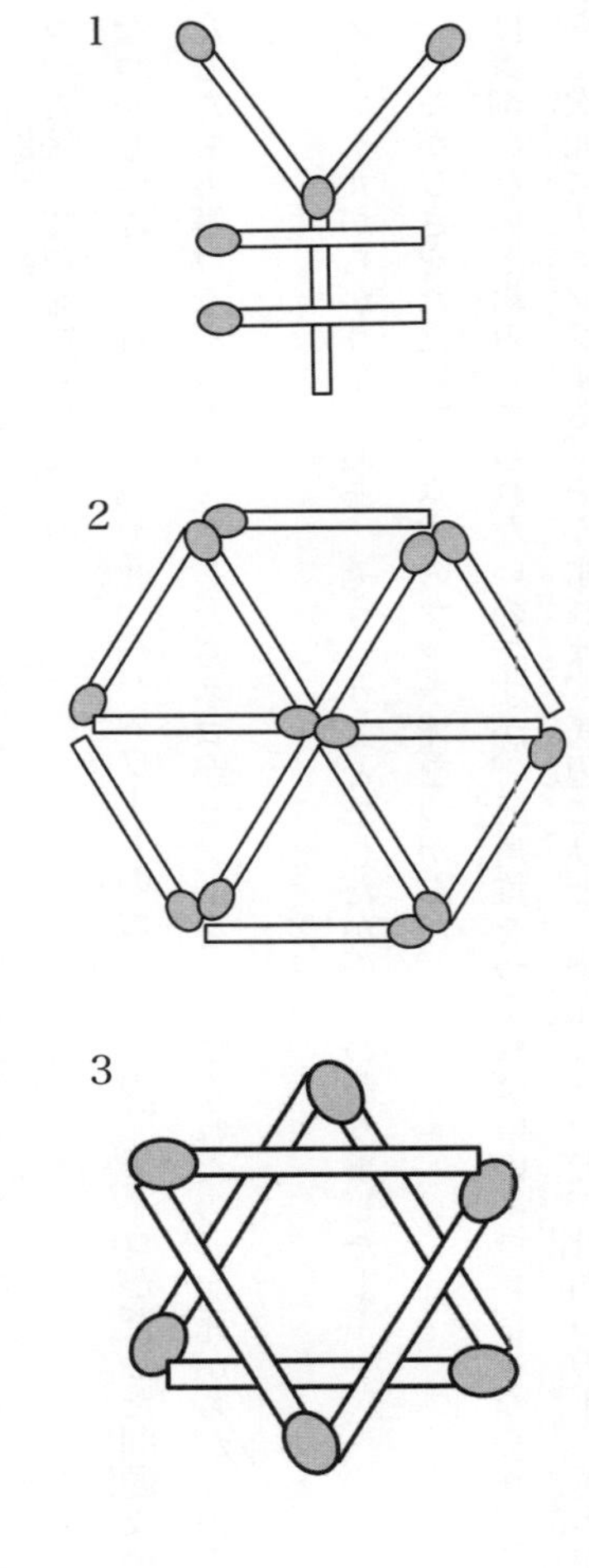

4……????

4問目だけは、どうしても解けなかった。

「これって、ムリなんじゃないの？」

「ぜーったい、できないわよ〜。」

女子組がギブアップした。男子ふたりは無言で考えこむばかりだ。見まもっていたまどかが、ニコッと笑って口をひらいた。

「なつかしいな、これ。ずーっと昔、『パスワードのおくりもの』でネロがだした問題なのよ。わたしたちも解けなかったの。そしたらネロがヒントをいってくれたの。次元がちがうのよ、って。」

「え……次元がちがう？　ああ、そういうことでしたか！　わかりましたよ！」

たけるがひざをたたいて、六本のマッチ棒をつかんだ。

「接着剤がないと組み立てられないのですが、三角錐をつくればいいんですよ。つまり、二次元から三次元にチェンジする。そうすれば、底辺にひとつ側面に三つで、計四つの正三角形ができます。」

「ああ。」

「そっかあ。」

「なるほど。」

みかん&アイ&ユウは納得の声をあげた。三角錐——立体にする。発想の転換というわけだ。

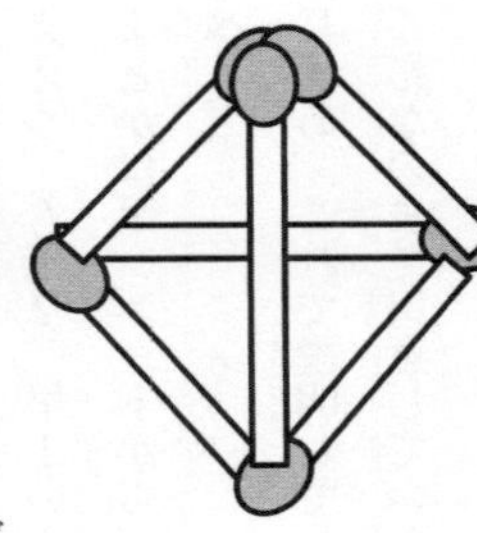

「というところで、マッチ棒パズルはおしまいでーす。えっと、つぎはぁ……。」

サバトラの箱を下におろすと、まどかはヒデ丸の手をふりあげた。三毛ネコの箱をたたく。

トントン。ビヨ〜〜ン。

フタがひらき、招き三毛ネコが飛びだしてきた。手からたれさがる掛け軸に、ネコ柄のコインでできたピラミッドの絵と、こんな問題があった。

【Q42】コインのピラミッド

コインを3回移動して、ピラミッドの向きを反対にしなさい。

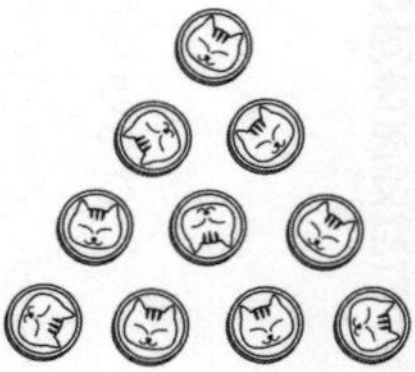

三回だけ？　可能なんだろうか……いや、できるか……ああ、なあんだ、かんたんじゃないか。ユウは右手を高くさしあげて、

「はいっ、まどか先生、できました。」

「ええっ、もう？　早ーい！」

まどかはポシェットから、実物のネコ柄コインを取りだした。図とおなじようにテーブルにならべる。

「じゃあ、これで説明してね。」

こんなのまで用意していたのか。なかば感心なかばあきれながら、ユウは解答スタートした。

【A42】

★手順1＝いちばん上のコインを、2段目の右端に移動する。（1回移動）

★手順2＝この状態で3段目左端のコインを、1段目左端に移動する。（2回移動）

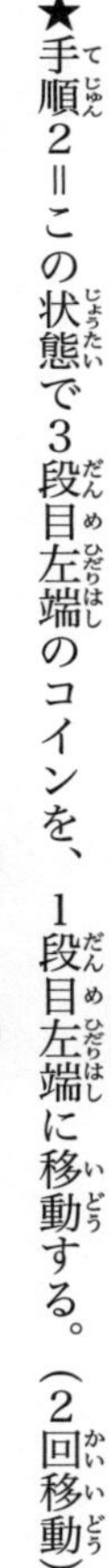

★手順3＝この状態で3段目右端のコインを、いちばん下に移動する。（3回移動）

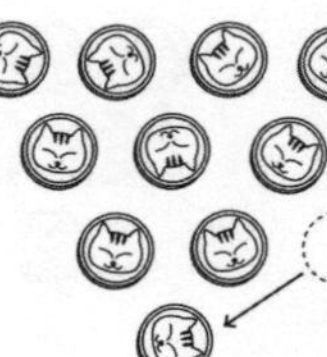

★終了

〈888〉
〈8888〉
〈88888〉

アイ&みかん&たけるがそれぞれ、数字を書きこんだメモ帳を高くかかげた。「拍手パチパチパチ」の意味だ。リアクションがギャグっぽくなっているのは、まどか先生の影響だろうか。

トントン、トントン、トントン。

なんのレスもせずに、まどかがヒデ丸の手でいきなり茶トラのフタをたたいた。

パカン。ビヨ〜〜ン。
茶トラの招きネコが飛びだしてくる。「おいでおいでの手」には、例によって、問題の掛け軸がさがっていた。やはりネコ柄コインだったが、こんどは絵がちがっていた――。

【Q43】４個のコイン
笑い顔ネコ・泣き顔ネコ・怒り顔ネコ・寝顔ネコの４個のネコ柄コインが、６個ぶんの枠につぎのようにならんでいます。

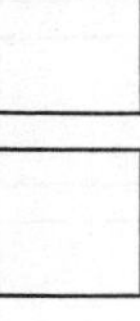

となりあう2個ずつを移動させて、ならび順を逆にしなさい。

「えっとぉ、これも、実際にやるほうがいいわよね。これでーす。」
まどかがまたしても、ポシェットからコインを取りだした。問題どおり、笑い顔ネコ・泣き顔ネコ・怒り顔ネコ・寝顔ネコの４個がそろっている。ばかりではなく、コインをおさめるプラスチックの枠までちゃんと用意されていた。

「はいっ、トライトライ。そうねえ、これはアイとみかんでやってもらおうかしらあ。」
まどか先生からリクエストされてはあとに引けない。ネコ柄コインを手に取って、女子組は解答作業をはじめた。

【A43】
以下の手順で移動させれば、4回で終了する。

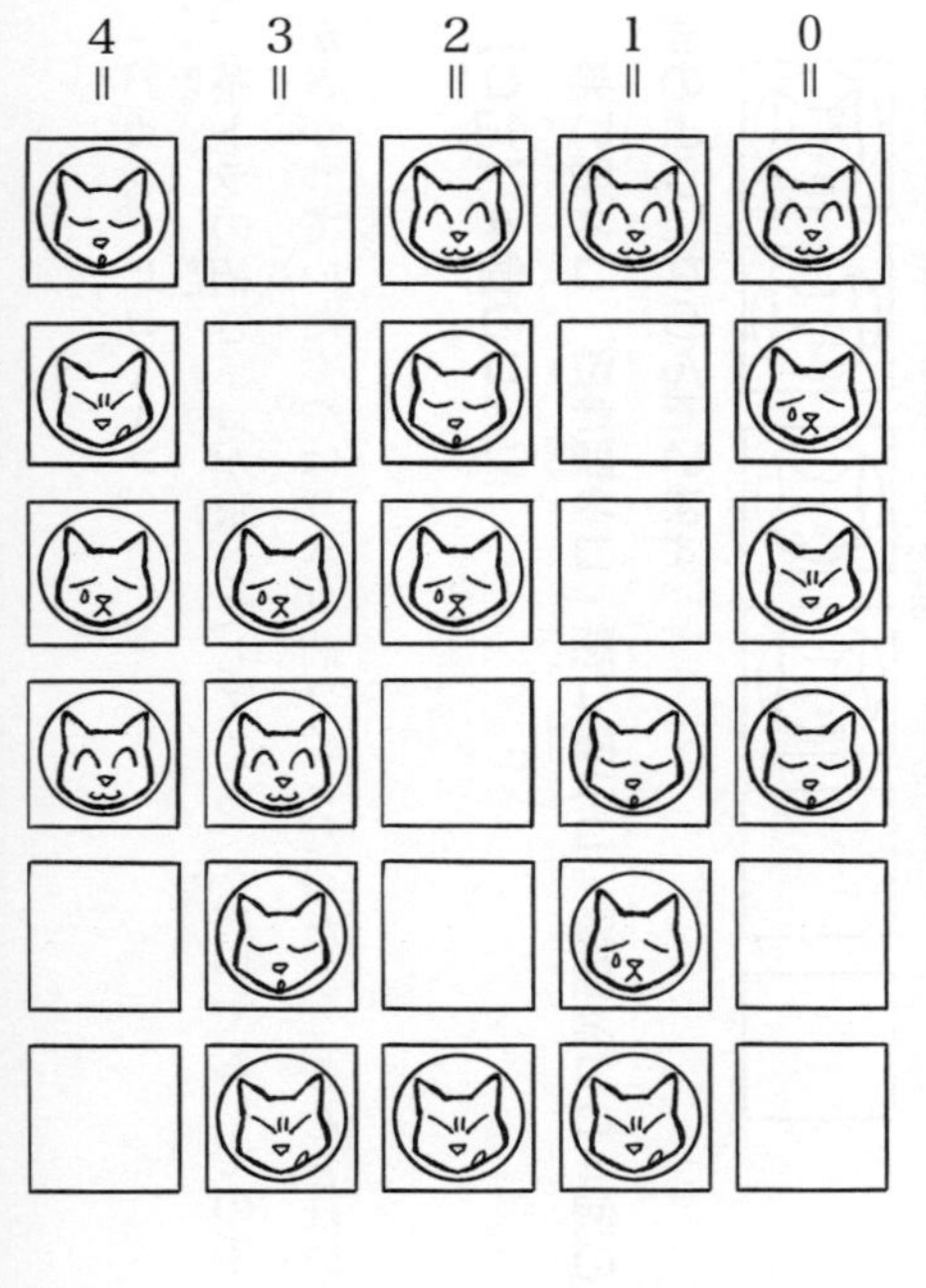

5＝終了。

「やったねっ！　完成完成完成完成完青函青函青函青函トンネル、なんて。きゃははっ。」

無意味なギャグをしつこくいいつつ、まどかは三毛と茶トラの箱をテーブルの下にかたづけた。

のこる箱は、シャムとペルシャとアメショーと……ん？　ユウはもうひとつの箱に目をうばわれた。

ヘビ？

そう、箱のフタには、ガラガラヘビの絵が描かれていたのだ。ネコにまじって、なんでヘビが……謎だ。というよりか、まどか先生そのものが謎だ！

トントン、トントン、トントン。

「謎のまどか先生」がヒデ丸の手で、シャムとペルシャとアメショーの箱のフタをいっぺんにたたいた。

ビヨ～ン、ビヨ～～ン。ビヨ～～ン。

シャム招きネコ&ペルシャ招きネコ&アメショー招きネコがいっせいに飛びだしてきた。それぞれの手から、あの掛け軸がたれさがっている。
まどかがヒデ丸の手でシャムの掛け軸を指ししめして、
「これ、わりと有名な問題だから、知ってるヒトはダマっててね。知らないヒト、わかるかしらあ？　制限時間は三十秒でーす！」

【Q44】バスはどっちへ？

このバスはどっちの方向に走っているでしょうか？

「えーっ?」

「なに、これ~?」

「どういうことですか? これだけでわかるはずがないと思いますが……。」

アイとみかんとたけるが、右に左に首をひねりまくる。あ、知ってる知ってる、これ。しゃべりたくてむずむずするのをガマンして、ユウは口チャックした。

そのまま十秒……二十秒……三十秒……ブーーッ、まどかが口ブザーを鳴らして、ユウを指名した。

「はい、タイムアップよ。ユウはわかってるような顔してるわね。じゃ、答えをプリーズ!」

まかせとけって。ユウはチャックをあけて、答えた。

【A44】

右方向に走っている。

理由は、乗降ドアが、こっち側にないから。

「w(￣△￣;)wワオッ!!」と、アイ。

「(⌒▽⌒;)ｵｯﾄﾞﾛｷ」と、みかん。

「Σ(￣ロ￣lll)ﾅﾝﾄ」と、たける。

三人が、顔文字でいうとこんな感じでリアクションする。

まどかはとくにコメントすることなく、ペルシャ招きネコの掛け軸をヒデ丸の手で指ししめした。

はい？　なに？　六つの絵がならんでいる。なんだか落書きみたいな絵だ。

「これ、ぜーんぶ、一筆書きなの。一筆書き大会だわ。かなーりむずかしいのもあるけど、できるかしら、みんな？　さあ、チャレンジチャレンジ！」

【Q45】一筆書き大会

つぎの図形を一筆書きで描きなさい。

〈一筆書きのルールはつぎのとおりである。〉
★すべての線が1本でつながっている。
★おなじ線を2回以上通ってはいけない。
★線は交差してもよい。

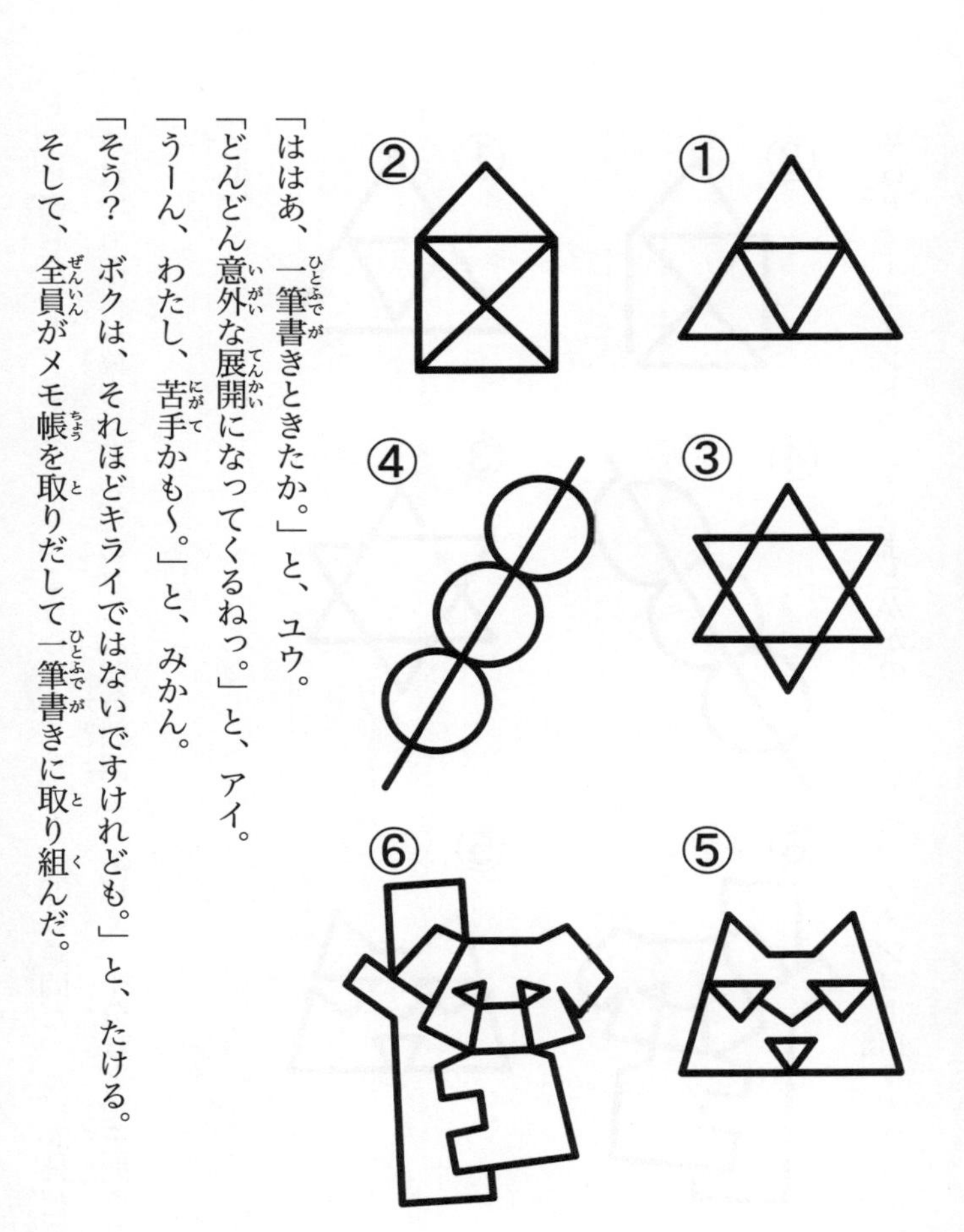

「ははあ、一筆書きときたか。」と、ユウ。
「どんどん意外な展開になってくるねっ。」と、アイ。
「うーん、わたし、苦手かも〜。」と、みかん。
「そう？　ボクは、それほどキライではないですけれども。」と、たける。
そして、全員がメモ帳を取りだして一筆書きに取り組んだ。

①は楽勝だった。②〜④はけっこうむずかしかった。⑤は難問だった。⑥は超難問だった。
それでも四人は協力しあい、あれこれ試行錯誤したあげく、十分ほどで全問クリアしていた。

【A45】

①

②

③

④

⑤

⑥

やはりノーコメントのまま、まどかがのこるひとつ、アメショー招きネコの掛け軸を指ししめした。ぐにゃぐにゃと曲がりくねった道の絵がある。

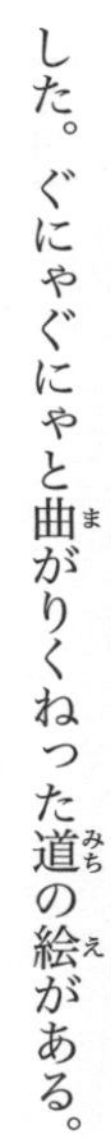

【Q46】迷路

「迷路でーす！　さ、みんな、みごと脱出してみせてよね！」

こんどはそうきたか。ユウは意表をつかれた。図形パズルで、まさか迷路がでてくるとは思わなかった。ま、ともかくやるっきゃないだろう。

「きゃあ、おもしろそう！」

「わたし、だーい好きなの～、迷路って～！」

女子組はノリノリになっている。たけるが質問した。

「まどか先生。制限時間は何分ですか？」

「えっと……そうね、三分にしましょ。用意、スタート！」

四人は顔をよせあうようにして、迷路の絵をのぞきこんで……。

できた！

それほど苦労することなく、ユウたち四人は迷路をクリアしていた。

【A46】

マッチ棒からはじまって迷路まで。図形パズルって、いくらでもバリエーションがありそうだ。もっともっと、いろんなパターンに挑戦してみたい。ユウはそう思ったのだが。

「それじゃあこれで、終了終了終了終了終領収領収領収領収書、なんて。」

まどかはなんの意味もないギャグで終了宣言するのだった。

「あのう……まどか先生。」

たけるがおずおずと手をあげて、問いかけた。

「でも、まだもうひとつのこっていますよ、箱が。それはパズルの箱とはちがうのですか？」

そうだった。ユウはあらためてガラガラヘビの箱を見つめた。あれがまだひらいていない。ていうか、なんであれだけはネコじゃないのか……きいてみる一手だな。

「ぼくも質問です、まどか先生。それだけ、どうしてヘビなんですか？」

「あのね。この箱は予告パズルなの。まちがわないように、ヘビさんの絵にしたの。」

予告パズル？　なんだ、それは？　顔を見合わせる四人の前で、まどかがヒデ丸の手をふりあげて……トントントン。パカ〜ン。ビヨ〜〜〜〜〜ン！

フタがはねあがり、バネ仕掛けのガラガラヘビが、ものすごいいきおいで飛びだしてきた。

「きゃああ〜〜！」

「ぎゃああ〜〜！」

女子ふたりが悲鳴をあげる。単にでてきただけではなかった。ヘビの口がトツゼンひらき、なにか白いモノを噴きだしたのだ。

「うひゃあ〜〜！」

「ぎょええぇ〜〜！」

男子ふたりも思わず絶叫した。いったい、なにが起きたのか。予想もつかない展開だ。

パラパラパラパラ。

ガラガラヘビが噴きだしたモノが、テーブルにふりそそいできた。四角くて、でっぱったりへこんだりしている部分がある。

「……ジグソーパズル？」

アイがつぶやいた。そう、それは、ジグソーパズルのピースにほかならなかった。ぜんぶで十一ピースあり、それぞれにひらがなが書きこまれている。

まどか先生が全員をグルッと見まわして、出題した。

「さっきいったとおり、予告パズルなのよ、これ。ちゃんと解くと、5時間目の授業内容がわかるの。さ、はじめてね。」

【Q47】予告ジグソー

11のピースを正しくつないで、どういう授業が予告されているのかを答えなさい。

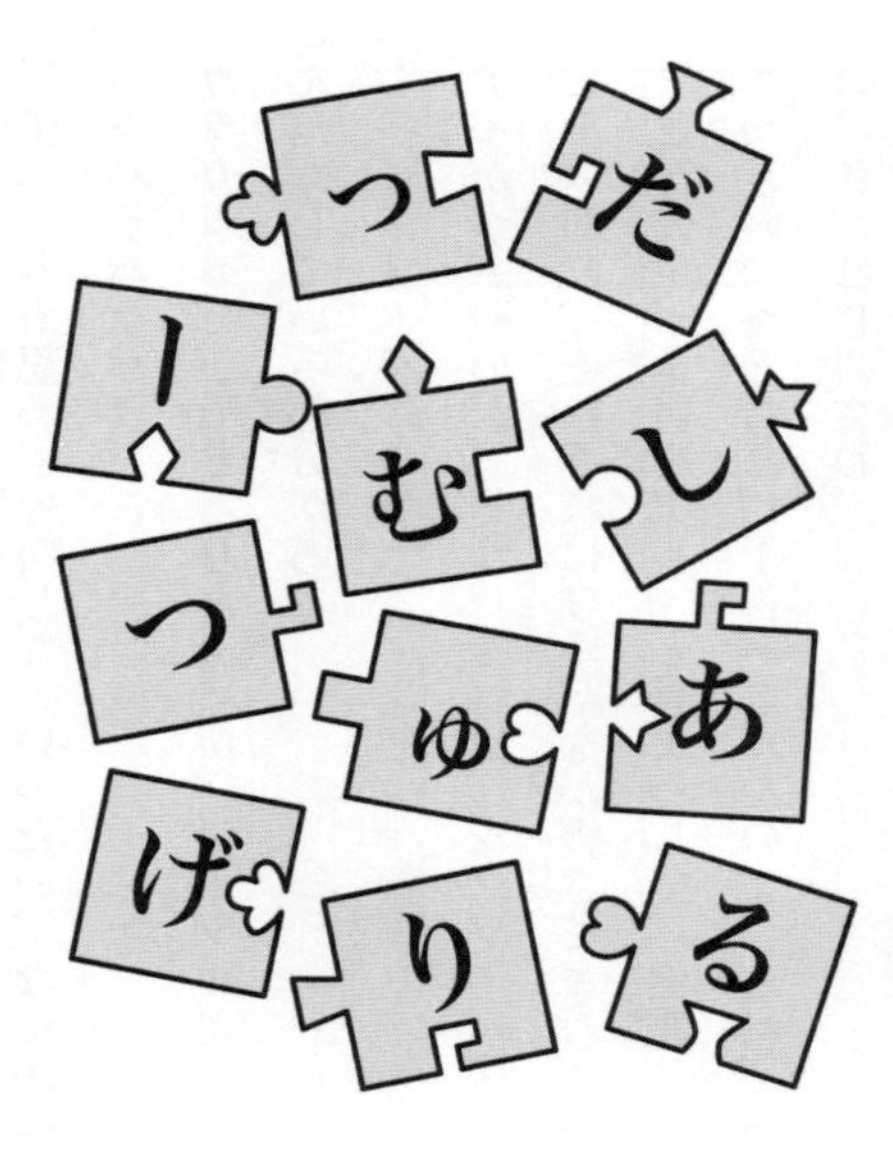

ピシピシピシピシ。ピースを手に取って、四人は順序よくはめこんでいった。つぎの授業の内容がすぐに判明した。

【A47】

つなげて読むと――。

り・あ・る・だ・っ・し・ゅ・つ・げ・ー・む……りあるだっしゅつげーむ、となる。つまり

5時間目の授業はズバリ、「リアル脱出ゲーム」だ！

げ	っ	り
ー	し	あ
む	ゅ	る
	つ	だ

ユウが代表で答えを告げる。

「はーい、正解正解正解正解正回生回生回生、起死回生なんて。いいわね、みんな。つぎのリアル脱出ゲームも、さっきの迷路みたくうまくクリアするのよ。がんばるのよ！　負けちゃダメよ！」

激励しながら、まどかは四つの箱——シャム・ペルシャ・アメショー・ガラガラヘビの箱をテーブルの下にかたづけた。入れかえにさっきの三毛ネコの箱をひとつだけ取りあげ、フタをしめてテーブルにおく。

なんだか意味ありげだ。トーゼン説明があると、みんなそう思ったのだが。

「わたしの授業はこれでおしまいでーす。それじゃ、バイバイ、バイバイ、三倍四倍五倍六倍……やだあ、きりがないわあ。」

箱のことには、まどかはひとことも触れなかった。ただ意味不明なギャグを飛ばしては、ヒデ丸の手をぶんぶんふりまわしつつ退場していくのだった。

入れかわりに登場した男子がいた。ペンギンだった電子探偵団員・小海マコトだ。

「がんばったなあ、みんな。もうひとがんばりだぞ。5時間目の授業・リアル脱出ゲームはぼくの担当だ。ここでじゃなくって、外でやるから。」

「えっ、外って？」

「どこですか～、マコト先生？」

女子組の質問に、マコトはテーブルの三毛ネコの箱を指さして、

「ヒントはそれさ。といってもわかるわけないよな。その箱のは、どんなパズルだったかな？」

なんだったっけ？　ユウはまどか先生の出題を思いかえす。三毛ネコがでてきたのは、たしか、マッチ棒パズルのあとだった。ということは、えーと……。

「コインのピラミッドですね。」

たけるが先に答えた。マコトがコクンとして、

「そう、ピラミッドだ。その名前と、立方体の箱の形とを考えあわせてみてよ。この近く、森崎町のあたりで、どこか思いうかぶ場所はないかな？」

「わかった、ピラミッド・スクエア！」

アイとみかんが声をそろえた。目抜き通り「オレンジ・ストリート」ぞいにある、一大ショッピング・センターの名前だった。

「当たり！　それじゃあ、みんな。いざ、出発！」

マコトはせかせかと先に立ち、いそぎ足で電子塾本部をでていく。ジリリリリーン。ベルが鳴った。つぎの授業開始の合図だ。

「あ、待ってくださーい、マコト先生！」

ユウ&アイ&みかん&たけるは、あわててあとを追いかけていった……。

【5時間目】リアル脱出ゲーム by マコト

森崎町第一ビルをでる。

オレンジ・ストリートに向かってまっすぐ歩をすすめていく。

先頭にマコト先生。すぐうしろにソムトウたける。そのあとにふたりならんで雪野アイと大崎みかん。夏木ユウは、しんがり——最後尾だ。

前を歩くメンバーを見て、ユウはいまさらのように思っていた。

アイとみかんとたけるとぼく。

きょう、というかついさっき出会ったばっかりなんだよな、ぼくたちって。フツーだったらまだ、そんなにうちとけていなくたってフシギじゃない。

なのに早くも、「和気あいあいです！」みたいなフンイキになっているのはどうしてだろう？

ユウは自問自答する。

ひとつは、アイのフレンドリーな性格のおかげじゃないだろうか。ぼくのときだけじゃなくて、初対面のみかんやたけるにもはじめっから、ざっくばらんで親しげな口をきいていた。それでみんなすっかり、友だちモード全開になった。

けど、もちろん、それだけじゃあない。

全員がミステリー・マニアというか、「名探偵ファン」だったからに決まっている。トツゼンはじまった「輝け！　名探偵ベスト3」大会。あれで全員がノリノリになって、一気に心の距離がちぢまったんだ。

まだある。

ネロをはじめ、みずき先生・ダイ先生・飛鳥先生・まどか先生が出題した、３００問以上のパズル。あの難問・珍問・奇問をいっしょに謎解きしてきたことで、みんなの気持ちがひとつになった。

こんな友だちって、学校にはひとりもいないや……アイやみかんやたけるはどうか知らないけれど、ぼくはそうだ。このメンバーとなら、これからもきっと、楽しくやっていけるにちがいない。マジでそう思う。

でも、さ。

ユウはぷるぷる首をふった。

なにしろ、学校がちがうんだもんなあ。だからそうしょっちゅうは会えないだろう。そもそもどこに住んでいるのかさえ知らないのだ。これから先もずっと、「探偵フレンズ」としてつきあっていくには、どうすればいいんだろうか……。

「おーい、ユウ！　どこにいくんだ！　こっちこっち！」

マコト先生の声で、ユウは、はっと足をとめた。すぐ目の前に、巨大なサイコロみたいな立方体のビルがあった。ピラミッド・スクエアだ。エントランス広場で、マコトほか三人が立ち止まっていた。考えごとをしていたユウは、そのまま通過しかけていたのだ。おっと、いけないいけない。

「はーい、いまいきまーす！」

手招きする四人のほうへ、ユウはあわてて駆けよっていった。

「ザ・モリザキ・オータム・フェスタ」にあつまったお客で、オレンジ・ストリートはあいかわらずごったがえしていた。ただ、ここピラミッド・スクエア周辺は、人の群れがビミョーに少なかった。

それには理由があった。

この場所にピラミッド・スクエアがオープンしたのは、昨年の春先のことだった。十階建てのビルには、量販店の〈モノクロ〉や〈矢印良品〉をはじめ、いくつものブティック、アクセサリー店、シューズ店、ファンシーグッズ店、CDショップ、ドラッグ・ストア、ドーナツ店、ケーキ店、カフェやレストラン、最上階フロアをまるまるつかったカラオケボックスなど、さまざまなテナントが入店。連日連夜おおぜいのお客がおしよせてきて、すっかり森崎町の人気スポットとなっていた。

ところが。

今年の夏になって、おぞましい事件が発覚した。かつて、ビル建設のための土地買収をめぐって放火事件が起き、死者がでていたことが明らかになったのだ。そのあげく、悪徳不動産業者をふくむ四人が警察に逮捕された。

（この話は、『パスワード悪の華』にくわしく書いてあります！）

風浜日報のスクープでこの一件が報道されるや、ピラミッド・スクエアの評判はガタ落ちとなった。

〈キモっ。もう買い物できませーん！〉

〈あんなところでショッピングしたら、たたりがあるかも。〉

〈ピラミッド・スクエアはひとごろし・スクエア！〉

などの書きこみがネットに流れた。テナント側にとってはイメージダウンもはなはだしい。

そんな状況を受けて、夏の終わりごろには撤退するテナントが続出。秋が深まった現在も出店を打ち切る店舗があとをたたず、立方体ビルのなかはほとんど「シャッター・フロア」と化してしまった。なお営業ちゅうの店はあるものの、客足がどんどん遠のいたのも当然のなりゆきだった。

5時間目のリアル脱出ゲームは、そんないわくつきのビルが舞台なのだ。いったい、どんなパズルが待ち受けていることやら。ユウの胸がはずむ。

「どきどき、どきどき。」

「わくわく、わくわく。」

アイとみかんが擬音語や擬態語でつぶやいた。つられたのか、いつもていねいな言葉づかいのたけるまで、「うきうき、うきうき。」なんていっている。

「よし、諸君、あれで下にいくぞ。」

エントランス広場から地下へとのびるエスカレーターを指さし、マコト先生が指令をくだした。

「了解です！」

マコトのあとにつづき、四人は順に、下りエスカレーターのステップに足を踏みだした。

☆

B1フロアに到着する。

エスカレーターをおりてすぐのところに、〈ラビリンス・カフェ〉というコーヒー・ショップがあった。五人はその足で、店にはいっていった。

店内のテーブルにはどれも、渦巻き模様の迷路（ラビリンス）が描かれている。なかなかおシャレな雰囲気だ。

なのに、お客はひとりもいなかった。どのテーブルでも、閑古鳥が「ヒマ～ヒマ～。」と鳴いているばかりだ。店員の女性もヤル気がないらしくて、「いらっしゃいませ。」のひとことすらない。

「なによ、感じわるっ。」

「ダメよ～、この店。終わってるわ～。」

文句たらたらのアイとみかんを「まあまあ、まあ。」と手で制して、マコトが店員さんに呼びかけた。

「すみませーん、お姉さん。たのんでおいたアレを、お願いしまーす。」

「ああ……アンタたちなの。はいはい、それじゃあ、コレね。」

こっちにやってきた店員さんが、手にするメニューをマコトにさしだした。

「サンキューでーす。」

受けとったメニューを、マコトはテーブルにひろげる。

そっか、ここでひとまずお茶にするんだ。そういえばのどがかわいている。アイスティーにしようかな。それともジンジャーエールがいいか。そう思ってメニューをのぞきこんで……ええっ、なんだよ、これ？　ユウは目をむいた。

メニューではなかった。

ふたつ折りのボール紙に、問題が手書きされたＡ４サイズの紙がはさみこまれていたのだ。

【Q48】なぞなぞ4題

1＝子どもが悪いことをしようとすると、とめてくれるのはだれでしょうか？

A・女神　B・妖精　C・天使

2＝靴が10足ならんでいます。そのなかで、あなたには小さいサイズなのは何番目の靴でしょう？

3＝観光バスの運転手さんの前に、3台の小型バスがとまっています。運転手さんのバスはどれでしょうか？

A・赤いバス　B・青いバス　C・黒いバス

4＝スーパーマン、バットマン、スパイダーマン、ウルトラマンなど、強い「マン」はいろいろいます。では、いちばん歌がうまいのは、何マンでしょう？

なんの前ふりもなく、いきなりのパズル・スタートだ。

「ふふふ、そんなことではないかと思っていましたよ。さっそく謎解きしませんか、みなさん。時間がもったいないですから。」

たけるがみんなをうながした。

「うん。」

「OK。」

「やろやろっ。」
了解サインを送りあって、四人はただちに問題に取り組んだ。頭を悩ますまでもなく、どれも一分足らずで答えがでた。

【A48】
1＝Bの妖精……よーせー！（アイ解答）
2＝9番目の靴……きゅうくつ。（みかん解答）
3＝Cの黒いバス……マイ黒バス。（たける解答）
4＝のどじマン……のどじまん。（ユウ解答）
以上。

「あははは。これしきの問題、みんなには楽勝だよな。しかし、これで終わりではない。じつはつづきがあるんだ。」
マコトが問題用紙を裏返す。館内案内図がプリントされていた。というか館内図の裏に、問題が書きこまれていたのだった。

ピラミッド・スクエア館内図

10F	カラオケボックス〈歌King〉
9F	創作料理〈ミラクルスプーン〉　オーガニック・キッチン〈じゃがいも畑〉 寿司〈久作〉☒　宮廷料理〈宗玄〉☒　トラットリア〈モンタルバーノ〉☒
8F	猫カフェ〈にゃんぐりあ〉　占いの館〈アルデバラン〉 足裏マッサージ〈快足ハウス〉☒
7F	ギャラリー〈山下画廊〉　文具〈鳩目屋〉 本〈ノーザンブックス〉☒
6F	古道具〈サザエ堂〉　着物〈すずもと〉☒ 鉄道グッズ〈売り鉄〉☒
5F	ブランドショップ〈セブンバルーンズ〉　ブティック〈ホワイトフリル〉 子供服〈ピンクのいちご〉☒　靴下専門店〈ソックスソックス〉☒
4F	アウトドアショップ〈ブロッケン〉　リゾート用品〈水かきクラブ〉 靴〈XYZマート〉☒
3F	リビング用品〈イケダ〉　ファンシーグッズ〈フェアリー・ドール〉☒ 日用雑貨〈青鬼赤鬼〉　アクセサリー〈リリパット・プレイス〉☒
2F	コンビニ〈リトル・バスケット〉　旅行代理店〈ガンダルフトラベル〉 買い物天国〈スーパーフィフティーン〉☒
1F	バッグ〈キタガワ〉☒　化粧品〈クリステル〉☒ セレクトショップ〈ミレーヌ・ゴダール〉☒　薬〈弁天ドラッグ〉☒
B1	喫茶〈ラビリンス・カフェ〉　ハンバーガー〈ピーターパンズ〉 ドーナツ〈ブラウン・シュガー〉☒

※なお☒印の店舗は、今月にはいってクローズいたしました。

え、えーと、これが、なに????

ハテナ目で図をながめる四人に、マコトがいきなり出題した。

【Q49】つぎの行き先は?
いまの4つの答えのうちのひとつに、つぎに出向いていくべき場所がしめされている。それはどこか。館内図をよく見て、つきとめてくれたまえ。

どれどれ。四人は目を皿にする。3階にある店に指を当てて、アイがいった。

「ここじゃないの、ファンシーグッズ〈フェアリー・ドール〉。フェアリーは妖精の意味でしょ。〈1〉の答えとあってるよ。」

「でも〜、ほら、バツ印がついているわよ、このお店。つい最近、クローズしちゃったのよ〜。ここはどう、4階の〈XYZマート〉。靴屋さんよね〜。〈2〉の答えに靴がでてくるし……あ、ダメだわ〜。」

みかんが自分でダメだしした。その店にもやはりバツ印がついていたのだ。

ユウが注目したのは、２階にあるコンビニ〈リトル・バスケット〉だった。小さなバスケット……小さな箱……〈３〉の答え・マイクロバスを連想させる……って、ちょっとムリがあるよな。却下。

「わかりました。ここですよ、ここ。」

【Ａ49】

10階のカラオケボックス〈歌Ｋｉｎｇ〉を、たけるが指でつつく。理由をきくまでもなく、全員がハゲしくうなずいていた。カラオケボックス。〈４〉の答え「のどじまん」とどんぴしゃりだ。

「当たり。そうとわかったらぐずぐずしてることはない。いくよ、みんな。あ、そうそう、その館内図をわすれずにね。ピラミッド・スクエアから、みごと脱出するぞ、エイ・エイ・オー！ほら、みんなも！」

「はーい。エイ・エイ・オー！」

マコトのかけ声に全員が唱和する。四人は席を立ち、エレベーター・ホールに向かっていった。最上階の10階でエレベーターをおりる。すぐ目の前に受付があり、「営業ちゅう」の札がでている。けれど、店は閑散としていた。カラオケ客はひと組も見あたらない。そのはずだった。〈歌Kingでカラオケしていると、伴奏のときに「助けて、助けて！」と悲鳴がきこえてくる。曲とは無関係な火事の映像が、画面にトツゼンうつったりする。マジ、ヤバいぞ、あそこ。〉なんてうわさが、ネットや口コミで拡散していたからだ。お客がオビえて近よらなくなるのもムリはなかった。閉店に追いこまれるのは時間の問題かもしれない。

「あっ！　みんな見て見て、あれっ！」

受付正面に置いてある文字プレートをあごでしゃくり、アイが一同に呼びかけた。そこに書きこまれていたのは……こんなパズルだった。

【Q50】謎の日本史

当カラオケボックスには1号室から50号室まで、ぜんぶで50のルームがあります。そのうちのひとつをたずね、新たな指令を手に入れなさい。

チャンスはいちどきりです。まちがったルームのとびらをあけたら、それでゲームオーバーなので慎重に。

どのルームをたずねればいいのかは、つぎの問題を正しく解けばわかります。

〈大政奉還より応仁の乱を引いて平安遷都を足したのちに大化の改新をさらに足したものをバラバラにして合計せよ。〉

大政奉還？　応仁の乱って？　ユウは困惑した。日本の歴史上のできごとらしいけど、まだ社会の授業で習ってない。それに引くとか足すとか、「バラバラにして合計」ってなんだ？　意味がわからない。謎の日本史だぞ……。

「鳴くよウグイス、平安京！」

トツゼン、みかんがさけんだ。

「わたし、大好きなの～、日本史。高校生のお姉ちゃんが歴女で～、あれ読めこれ読めって、わたしにも本をいろいろおしつけてくるの。しかたなく読んでるうちに、だんだんはまってきちゃって～。とくに幕末の新撰組のお話なんか、ミステリーとおんなじくらいスリル満点で～～……。」

「待って待って、待ってよみかん。」

アイがストップをかけた。

「その話はまたにしよっ。それより、この問題だけどさ。解きかたわかるわけ？」

「ええ。たぶん年号だと思うわ。平安京に都ができたのは、〈鳴くよウグイス平安京〉で７９４年なの～。それと大化の改新は、〈大化の改新、虫五ひき〉で６４５年ね。つまり、年号の数字を足したり引いたりすればいいんだわ。でも～、ほかのふたつはおぼえてなくって～……。」

「それならボクがわかりますよ。まずは大政奉還――江戸幕府が朝廷に統治権を返上したのは、１８６７年ですね。つづいて応仁の乱――室町幕府が滅びるきっかけとなった戦乱が起きたのは、１４６７年と……。」

へえっ！　ユウは舌を巻いた。たけるって歴史にもくわしかったんだ……と思ったら、そうじゃなかった。いつのまにかたけるはスマホを取りだし、ちゃっかりネットでしらべているのだった。

「なので、１８６７から１４６７を引き、それに７９４と６４５を足す、と……。」

たけるはメモ帳にシャーペンで数式を書きこんだ。


【A50】

〈１８６７－１４６７＋７９４＋６４５＝１８３９〉

で、この数字を「バラバラにして合計」すると――。

〈1＋8＋3＋9＝21〉

したがって、たずねるべきルームは「21号室」だ。

細長い廊下を、タテ一列になってすすんでいく。21号室に到着する。先頭のマコトがとびらを押しあけた。いっせいに部屋に踏みこむ。そのとたん。

パンパカパーン、パ・パ・パ、パンパカパーン！

モニターからファンファーレが鳴りひびいてきた。「正解」ということらしい。なにを思ったか、アイがマイクを手に取って提案した。

「ね、ね、みんな。せっかくだから、一曲ずつ歌わない？　あたし、聖子チャンとか得意なんだ。♪赤い〜、スイートピー〜〜。」

あ、あのねえ。ユウ・みかん・たけるは申しあわせたように首をふるふるさせた。ンなことしてる場合じゃないだろが。ていうか、聖子チャンってだれだよ？

「おっと、みんな。ソレに注目してくれたまえ。」

マコト先生が、五十インチのモニターを手でしめした。画面の下のほうから文字が流れてきて、中央部で停止した。それが、つぎの問題文だった――。

【Q51】カニの注文

仲間5人でカニ料理店にいきました。お刺身・天ぷら・茶碗蒸しがつぎつぎとはこばれてきて、みんな大よろこびです。

ところが、メインの「カニまるごと一ぴき」がでてきたとたん、ケンカになってしまいました。注文したカニが失敗だったようです。

ここで問題。5人が注文したのは、どんなカニだったのでしょうか?

A・毛ガニ
B・タラバガニ
C・ズワイガニ
D・ザリガニ

「それはやはり、D・ザリガニですよ。せっかくカニ料理店にきたのに、ザリガニはないでしょう。こんなものだれが注文したんだ、とケンカになったんです。」

たけるが即答した。たしかにザリガニはないよな。そもそも、ザリガニの足なんて食べるもんなのか？　ユウも同感だった。同感だけど……これは、そういう問題なのだろうか？

「わたしはCのズワイガニだと思いま～す。どうしてかというとぉ、身が苦くって食べられたもんじゃなかったからなの～。」

「苦い？　どうしてさ？」

思わず追及したユウは、みかんの返事をきいて倒れそうになった。

「だってほら、うしろから読むとニガイワズ……ズは省略すると、苦いわになるじゃない～。」

ちょっと待てぇ。なんでうしろから読まなくちゃいけないんだ。それに「ズは省略」って、勝手に省略なんかしていいのか。ユウはつっこみをいれかけたが、それより早くアイが名乗りをあげた。

「ああ、そっかあ。あたし、わかったよ。」


【A51】

正解は、Bのタラバガニ。

毛ガニとズワイガニとザリガニは足が10本あるから、5人でうまくわけられる。しかしタラバガニは8本しかないのでケンカになった。

「えっ、足が八本？　ホントですか……あ、本当ですね。」

アイの答えをきいたたけるが、またまたスマホでネット検索して、

「タラバガニは、カニの名はついているが、生物学上はヤドカリの仲間である。足は五対あるが、一対は見えないところにあって足の役割はたしておらず、実質的には八本である。そう書いてありますね。知りませんでしたよ。勉強になりました。」

ふうむ。まさかここで、歴史や生物の勉強ができるとは思わなかった。ぼくはまだスマホは持ってないけど、これからの時代、探偵活動のためには欠かせないアイテムになるのかもしれない。けどなあ。ユウはなんだかフクザツな気持ちになった。そこまでたよりにしてしまっていいんだろうか……。

「うん、正解だ。ただしこの授業では、スマホはもう使用禁止にする。データをしらべるにはたしかに便利なツールだが、便利ならばいいというものでもないからね。スマホをつかって推理するホームズなんてありえないだろう？　いいかい、たける。」

「あ……う……わかりました、マコト先生。すみません、二度とつかいません。封印します。」

電源をオフにすると、たけるはポケットにスマホをしまいこんだ。

なるほど、たしかにそうだよな。ユウは力いっぱいうなずいていた。ホームズとワトソンが、ツイッターやＬＩＮＥでやりとりしている姿なんて想像もつかない……けど、ホントにＬＩＮＥやってたら、それはそれでちょっとおもしろかったかも。たとえば、さ——。

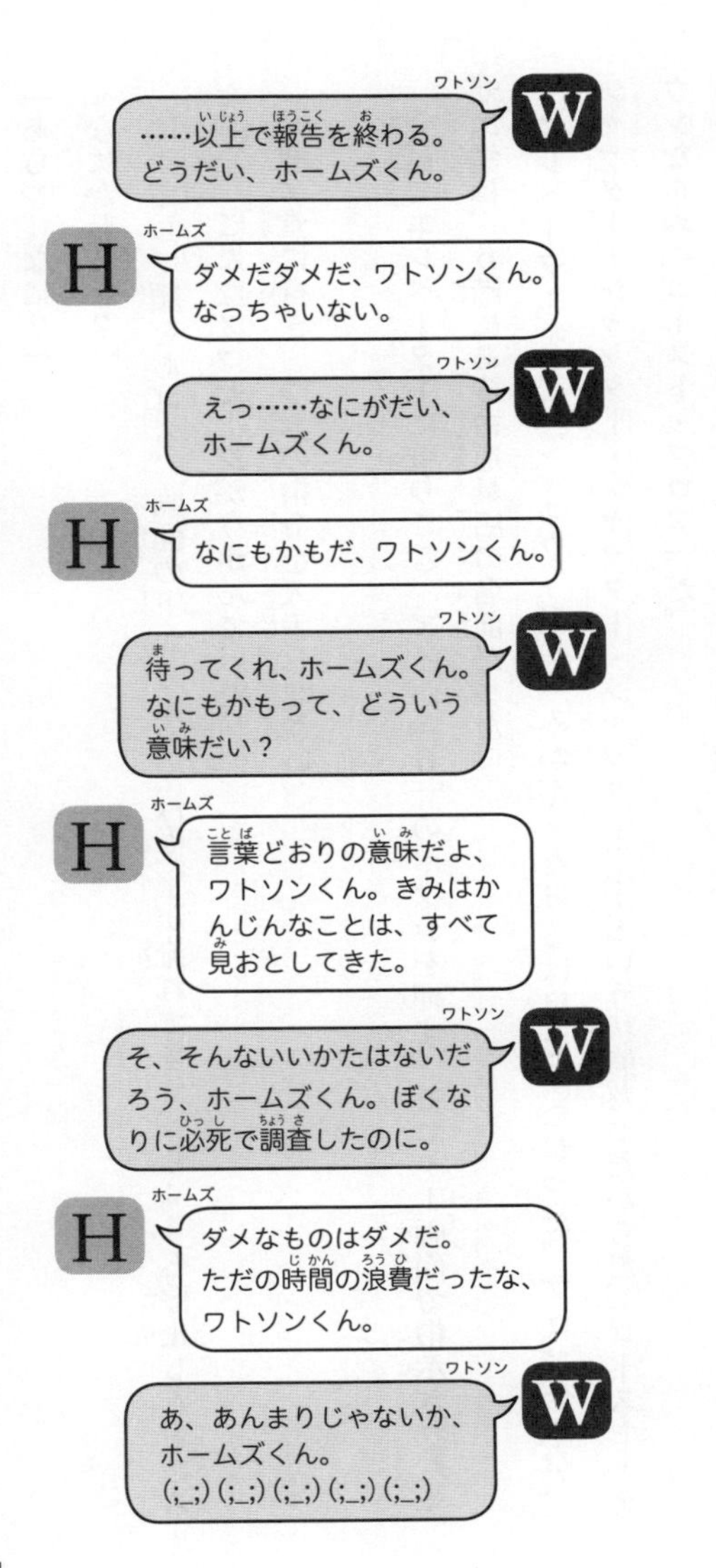

どうでもいいことをついつい考えるユウの耳元で、女子組の声がした。

「あらっ、なに？」

「なにかしら〜？」

はっとして顔をあげる。画面の下からふたたび文字が流れてきて、ちょうど停止したところだった。こんなメッセージがうかんでいた。

〈サザエ堂に行き、つぎの指令を入手しなさい。〉

全員でエレベーターに乗りこむ。アイが「6」のボタンを押す。モニター画面で指示されたサザエ堂は、6階にある古道具店の名前だった。

エレベーターをおりて、ユウ・アイ・みかん・たけるは目をうたがった。フロア全体が、シャッター・シャッター・シャッター・シャッター……という状態だったからだ。ゴースト・タウンならぬ「ゴースト・フロア」だ。

「へええっ。まさかここまでサビれてるとは思わなかったよ……。」

アイのつぶやきに、マコト先生が反応した。

「ま、自業自得だな。あれだけわるいことしたんだもの、あいつら。当然のむくいさ。」

ん、そんなことをいうからには。ユウは興味津々で質問した。

「あのー、マコト先生。もしかして電子探偵団がなにか関係していたんですか、その事件と？」

「ああ、ちょっとね。その話はまたの機会にしようか。話しだしたら本一冊ぶんぐらいになるし。それより、ほらあそこだぞ、目的地は。」

シャッターのあいだに一軒だけ、ポツンとオープンしている店があった。〈古美術と古道具のサザエ堂〉と看板がでていた。

「ぎゃ、ぎゃあああああ〜〜〜！」

トツゼン、みかんが悲鳴をあげた。店のショーウインドウにふるえる指を向けている。見ればガラスケースのなかに、金色のドクロの置物がかざられていた。アイが肩をすくめて、

「なによ、みかん。つくりものに決まってるでしょ、あんなの。」

「で、でもわたし、ガイコツとかお化けとかゾンビとか、シソの葉っぱとかにすっごくよわいの〜〜。」

なんでここで「シソの葉っぱ」がでてくるのか……謎だ。マコトが苦笑しながら、

「ははは。さ、いくよ、みんな。つぎの指令をゲットしないと、先にすすめないぞ。」

ガラガラガラ。ガラスの引き戸をあけて、店内に踏みこむ。無人のレジの前に横長のテーブル

があり、いくつかの品物がならんでいた。向かって左から――。

鉛の箱・ポリバケツ・青銅のつぼ・ブリキのケース・籐のカゴ・アルミの筆箱。

というラインナップだった。どれもフタつきのものばかりだ。品物の横に〈サザエ堂店主より挑戦状〉として、こんな立て札がでていた。


【Q52】秘宝はどこに？

〈サザエ堂店主より挑戦状〉

ふっふっふ。おまえたちは知らないだろうが、この6つのアイテムのどれかに、わたしだけが気がついた秘宝がはいっているのだ。

それはどれか？

わかったらフタをあけて、なかをたしかめてみろ。ただしチャンスはいちどだけだ。まちがったフタをあけてしまったら、その時点で失格となる。心して考えることだな。ふっふっふ。


そんなのありか！　ユウは内心でブーイングしていた。だってそうじゃないか。「わたしだけが気がついた秘宝」なんて、他人がわかるはずがないだろう。たけるも同感だったようだ。

「ムリですよ、この問題。頭で考えて、解けるようなものではありません。」

「ふふふ、本当にそうかな。諸君、問題をもういちどよく読んでみたまえ。」

マコトの顔に、チェシャ猫みたいなニヤニヤ笑いがひろがる。ユウはまゆのあいだにシワをよせた。マコト先生がそういうからには、ちゃんと解けるのだ……解けるはずなんだけど……うむむむむ。

「あたし、わかったかも。」

アイがテーブルに歩みより、ブリキのケースのフタにいきなり手をかけた。ヤ、ヤバいぞ。まちがったら終わりだって、そういっているのに。

「あーっ！」

「わーっ！」

「待ってください！」

ユウたち三人の制止の声もきかずに、アイはこんな推理を口にするのだった。

【A52】

わたしだけが気がついた……〈き〉がついた……6つのアイテムのなかで、〈き〉の字がつくのは「ブリキのケース」しかない。

パカン。アイが一気にフタをあける。こんな歌が流れでてきた。

♪ハイホー　ハイホー　ハイハイホー

ハイハイハイホー　ハイハイホー

ハイホハイホハイホー　ハイホハイホハイホー

ハイホー　ハイホー　ハイハイホー

サウンドボックスだったらしい。男声コーラスで、なんだかやたら明るいメロディーだ。正解、ということなのだろうか。

「へっ、これって……やだやだやだ、きゃはははははっ！」

アイが爆笑した。

「きゃはは、きゃはは、きゃははは……ああ、苦しい。」

テーブルをドンドンたたいて、ひとりでウケまくっている。な、なんだなんだ。ユウはあぜんと見まもるばかりだ。

「くく、くくく、ホントに秘宝がはいってたんだ。くくく、くくくくく。」

笑いをかみ殺して、アイが説明した。

「ハイホー・ハイホー……英語だと、HI-HO・HI-HOでしょ。つまり、ヒホー・ヒホー……秘宝秘宝ってわけね。くくくっ。」

「あ……。」

ユウはのけぞった。ダジャレだったのか。だれだよ、こんなくだらないコト考えたヤツは、まったくもう!

「はああ、はあああ〜〜。」

「ふうう、ふううう〜〜。」

みかんとたけるが脱力したふうに、ため息をつきまくっている。マコト先生が、アイに注意をうながした。

「ねえ、アイ。なにかはいってるんじゃないかな、ブリキのケースに。」

「え? あ、ホントだ。」

ケースのなかから、アイが一枚のメモを取りだしてテーブルにおく。ただひとこと、こう書かれていた。新たな指令にちがいない。

【Q53】どこにもない場所
〈「ゆみ」にいきなさい。〉

ゆみ?

四人は館内図をくまなくチェックしたが、そんな名前の場所はどこにもない。

「森崎町のはずれに、〈由美美容室〉っていうのがあるんだけど〜、カンケイないわよね……。」

「舞毛山公園にいけば弓道場があるのですが、やっぱり関係ないですね……。」

みかんとたけるがつぶやく。「関係ない」とわかっているのなら、口にしても意味がない。アイはむずかしい顔でだまりこんでいる。ユウは途方にくれた。リアル脱出ゲーム、ここで脱落なのか……。

「ちょっといいかな、みんな。」

マコト先生が助け船をだしてくれた。

「言葉どおりにとらえるのは、あまり探偵らしくないぞ。ウラの意味というか、言葉にかくされたべつの意味を考えてみてはどうだろう。といえば、思いうかぶことがあるんじゃないかな。」

言葉にかくされたべつの意味? あっ、つまり、暗号か! ユウはあらためて館内図に目を向けて……ひらめいた！

「わかった、ここだよここ。7階のギャラリー〈山下画廊〉だよ！」

「なんで？」

「どうして～？」

「なぜですか？」

ギモン顔の三人に向かって、ユウは謎解きしてみせた――。

【A53】

五十音で、〈ゆみ〉の〈ゆ〉は〈や〉の下だろう。そして〈み〉は〈ま〉の下だ。ふたつあわせれば〈や・ま〉の下で、山下画廊というわけだ。

階段でワンフロア上の7階にあがる。あがり口のすぐ右に、山下画廊は店舗をかまえていた。

店内の間仕切り壁には、大小さまざまの絵がかけられていた。版画や水彩画、有名な世界の名画の複製品、などなど。そのなかにまじって、クロスワードパズルみたいなパネルがあった――。

【Q54】計算クロスワード

つぎのクロスワードの二重マスのなかに、「＋、－、×、÷」の計算記号のどれかをいれて、ちゃんとした言葉になるようにしなさい。

なお、記号はそれぞれ、「＋（タス）、－（ヒク）、×（カケ）、÷（ワル）」と読みます。

	□	テ		
□	ツ		レ	
ア		カ	□	ミ
ガ		ベ		□
キ	ツ	□		ダ
				オ
	カ	□	カ	シ
□		ケ		
ク		ア	ン	□
チ	□	イ		イ

「クロスワードパズルですか。ボク、けっこう得意です。計算記号をつかうというのが、ユニークでおもしろいですね。やってみましょう。」

たけるがはりきってチャレンジして、あっさり答えをだしてしまった。

【A54】

★ヨコ方向、上から――。

ヒクテ（引く手）、ワルツ、カタスミ（片隅）、キツカケ（きっかけ）、カタスカシ（肩すかし）、アンカケ（餡かけ）、チカケイ（地下茎）

★タテ方向、左から――。

ワルアガキ（悪あがき）、ワルクチ（悪口）、ヒクツ（卑屈）、カベカケ（壁掛け）、タスケアイ（助け合い）、レタス、ミカケダオシ（見かけ倒し）、カケイ（家系）

	ー	テ		
÷	ツ		レ	
ア		カ	＋	ミ
ガ		ベ		×
キ	ツ	×		ダ
				オ
	カ	＋	カ	シ
÷		ケ		
ク		ア	ン	×
チ	×	イ		イ

「よーし、正解だ。というところで、みんな、コレに注目してくれないかな。」

パネルの下をマコト先生が手でしめす。よく見ると、白い紙でマスキングされている部分があった。マコト先生が紙の端を二本の指でつまみ、ピリピリッと引きはがした。その下から、つぎの指令文があらわれた。

【Q55】クロスワードがしめす場所

いまのクロスワードパズルで、ヨコ方向のラストの答えがしめしている場所にいきなさい。


なにっ？

全員の目がふたたび、クロスワードパズルにすいよせられる。ヨコ方向のラストの答えは、「地下茎」だ。ということは地下にあるのか……しかし館内図で見ると、B1フロアで営業しているのはさっきの〈ラビリンス・カフェ〉と、あともう一軒、ハンバーガーの店しかないけども……。

首をかしげるユウの耳元で、女子組の歓声がニワトリみたいにハモった。

「ここよ！　ここ、ここ、ここ！　ここ〜〜っ！」


【A55】

館内図の「9階」にある店の名前を、ふたりはいっしょに口にした。

「オーガニック・キッチン〈じゃがいも畑〉で決定〜っと。」

そうか、地下茎……ジャガイモ。ユウもたけるも深く深く納得する。一同はエレベーターでふたたび、上のフロアに向かった。

9階フロアの〈じゃがいも畑〉の店先に、茶色くてモコモコしたものが立っていた。手足のあるジャガイモの着ぐるみだ。

「ボク、じゃがいモンです。じゃがじゃが。お店のマスコットキャラです。じゃがじゃが。さっそくですがみなさん、この問題が解けますか？」

ペコリとあいさつすると、メニューのサンプルケースにある貼り紙を指さす。文字がびっしりと書きこまれていた。

「解ければつぎの行き先がわかります。がんばってください。じゃがじゃがじゃが。」

【Q56】言葉の迷路

これは言葉の迷路です。正しくすすめば、ある質問がうかびあがってきます。その質問に答えなさい。

⇒
⇐

ぼうれだ？もたけど
なしあだいにうろるほ
かまかみたはをまわん
はしのなったためかまと
にまつりいかまれげう
てぱんさはらはてには
のごのましをにひのと
つせさまたうれせんて
はんぞのわばわつぶも
にまたあぞだんいよつ

「つまり、〈⇐〉からはいって〈⇒〉からでるわけですね。うまくたどれば意味の通じる言葉になるんですよ、きっと。やってみましょう。」

たけるの合図で、みんなして「言葉の迷路」に取り組む。うまく言葉になるように文字をたどっていくと……ほどなく答えはでた。

【A56】

に	は	つ	の	て	に	は	か	な	ぼ
ま	ん	せ	ご	ぱ	ま	し	ま	し	う
た	ぞ	さ	の	ん	つ	の	か	あ	れ
あ	の	ま	ま	さ	り	な	み	だ	だ
ぞ	わ	た	し	は	い	っ	た	い	？
だ	ば	う	を	ら	か	た	は	に	も
ん	わ	れ	に	は	ま	め	を	う	も
い	つ	せ	ひ	て	れ	か	ま	ろ	た
よ	ぶ	ん	の	に	げ	ま	わ	る	け
つ	も	て	と	は	う	と	ん	ほ	ど

順番(じゅんばん)に読(よ)むと――。

〈ももたろうにはたからをうばわれせつぶんのひにはまめをまかれてにげまわるけどほんとうはとてもつよいんだぞあたまにはつのてにはかなぼうしましまぱんつのかみなりさまのごせんぞさまのわたしはいったいだあれだ？〉

漢字入りで書きなおすと——。
〈桃太郎には宝をうばわれ、節分の日には豆をまかれて逃げまわるけど、本当はとても強いんだぞ。頭にはツノ、手には金棒、しましまパンツの雷さまのご先祖さまのわたしはいったいだあれだ？〉

みかんが代表で答えを告げた。

「ということなので〜、答えは〈オニ〉で〜す。合ってるよね〜、じゃがいモン？」

「うん、正解です。じゃがじゃがじゃが。それではみなさん、サヨナラ、サヨナラ、サヨナラ。」

じゃがいモンは両手をふりふり、店内に引っこんでいった。マコトがふくみ笑いして、

「ふふふ。なんだかしまらないマスコットだったなあ、じゃがいモンは。ゆるキャラ以下かも。ま、いいや。で、どうだい、諸君。つぎの行き先はわかったかね？」

「はいっ、もちろん。オニといったらここしかないですっ、マコト先生。」

館内図3階の日用雑貨〈青鬼赤鬼〉に、アイがひとさし指を当てた。まさにそのものズバリだ。


3階におりる。

その足で〈青鬼赤鬼〉の店内に踏みこむ。

「ぎゃあああ〜〜！」

みかんがまた悲鳴をあげた。奥のレジのところに、一つ目小僧がすわっていたからだ。むろん仮装だ。しかし、店名の「鬼」ではなくてなぜ一つ目小僧が……謎だ！

店の商品を見まわして、アイがいった。

「ねえねえ、みんな。ここって日用雑貨というより、妖怪雑貨じゃない？」

「ああ、本当ですね。」

たけるがあいづちを打つ。陳列棚のいたるところにさまざまな妖怪——ろくろっ首・河童・海坊主・雪女・火車・一反木綿、などなどのグッズがならんでいたのだ。

「あら、コレ、おもしろいじゃん。ほらっ。」

アイがゼンマイ仕掛けでうごく口裂け女のフィギュアを取りあげ、みかんに手わたそうとする。

「い、いや〜〜っ！」

みかんはまっ青になり、ひゅーんと店を飛びだしていった。ホラー方面にマジでよわいらしい。

「よろしいだべか、みなの衆。そろそろ問題をだすべ。わかったら、いいことを教えるべ。ひひひひひ。」
巨大な目でみんなを見まわすと、気味のわるい笑い声をあげて一つ目小僧が出題した。

【Q57】人間はだれ？
A・B・C・Dの4人がいます。このうちひとりは人間ですが、のこりの3人は妖怪で、「のっぺらぼう」と「一つ目小僧」と「三つ目魔人」です。
ここで4人にそれぞれ、自分以外の3人の目玉の合計数を答えてもらいました。
A「5コだべ。」
B「6コだな。」
C「4コです。」
D「3コだよ。」
ここで問題。4人のうちだれが人間で、だれがどの妖怪か、すべて答えなさい。

ああ、なんだなんだ。ややっこしいかと思ったら、ぜんぜんかんたんじゃないか、この問題。

ユウは十秒で即答した。

【A57】

のっぺらぼうからすればほかの3人の目玉は、一つ目小僧1コ、人間2コ、三つ目魔人3コで、合計6コだ。したがって、「B」がのっぺらぼうとわかる。目がないのになぜ見えるのかは謎だ。ひょっとして、テレパシーでわかるのかもしれない。

同様に考えれば「C」が人間、「A」が一つ目小僧、「D」が三つ目魔人とわかる。

「正解だべ。おまえにコレをやるべ。そいつを見りゃあ、つぎの場所が思いうかぶべ。早くいくべ。ひひひひひ。」

一つ目小僧がレジを立った。棚の上のなにかをつかんでユウの手に押しつけ、店の奥に姿を消す。と、そのとき。

ぬわーん。

なまあたたかい風がユウの首すじに吹きよせてきた、ような気がした。

まさか。ユウはゾクッとした。あの一つ目小僧は……アレは、仮装だよな、絶対そうだよな……。

「なになに？　なにもらったの、ユウ？」

「なんですか、ソレは？」

アイとたけるがたずねる。手わたされたものをユウはあらためて見つめた。頭にお皿、背中に甲羅……そう、河童の置物だった。

【Q58】どの店でしょう？
一つ目小僧によると、河童の置物を見れば思いうかぶ場所があるといいます。それは、館内図のどの店でしょうか？

河童といえばお皿だから、おなじ3階のリビング用品〈イケダ〉とか？　それとも河童＝キュウリで、2階のコンビニ〈リトル・バスケット〉とか？　うーん、どっちもいまいちピンとこない。ほかにはそれらしい店はないし……意味不明だ。

「あああ〜っ、わたし、わかった〜〜！」

みかんの声がした。いつのまにかもどってきていたようだ。一つ目小僧がいなくなったからだろうか。

【A58】

河童といったら、指と指のあいだについてるモノがあるわよね～。だからつぎのお店は、4階のリゾート用品〈水かきクラブ〉で決まりよ～。


それだ！　アイもたけるも「やったね！」という表情になっている。

「OKOK。ひとつ上だから階段でいこう！」

マコト先生の合図で、一同は階段を駆けあがっていった。

4階の〈水かきクラブ〉の店頭には、黒いフィン――スキューバ・ダイビング用の足ヒレがぶらさがっていた。看板がわりのようだ。

ヒラヒラした部分に四角い紙が貼りつけてあり、奇妙な図が描きこまれていた。さっきの「言葉の迷路」と似ているようでいて、まるでちがう問題だった。

【Q59】あらわれる店名
図で、ふたつ以上ある文字を消していくと、ある名前があらわれます。その店に直行しなさ

い。

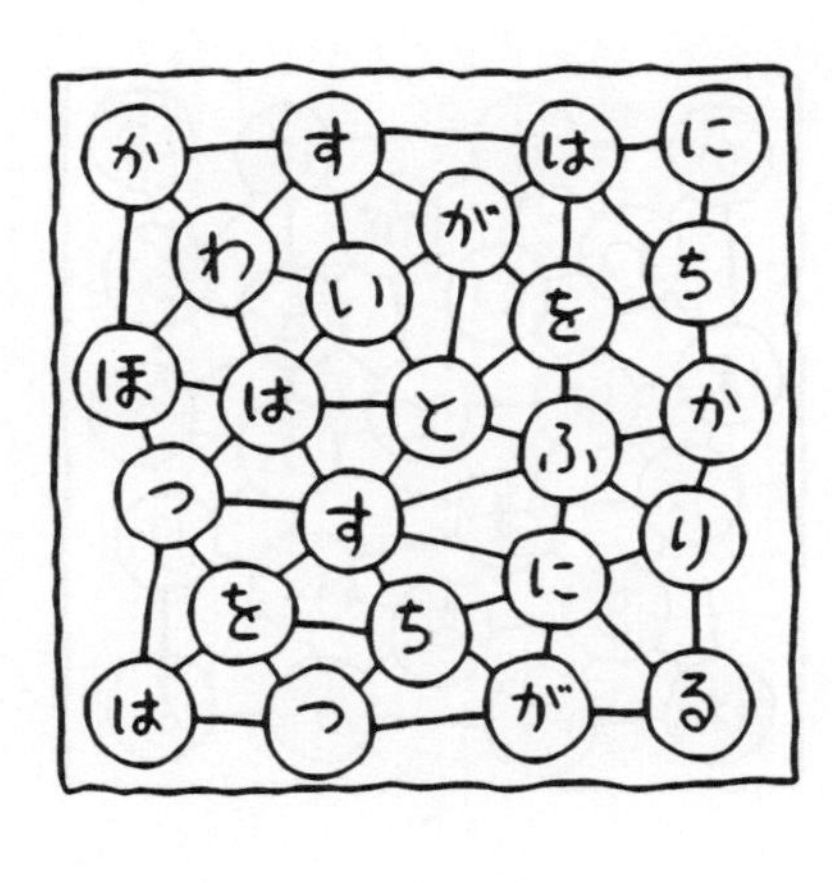

「消すっていわれても、消せないよねっ、この文字。」

「だったら、塗っちゃえばいいんじゃないの〜。」

「あ、そっか。よーし、実行っと！」

女子組がシャーペンを取りだして、あてはまる文字のコマをふたりがかりで塗っていった。結果はこうなった——。

【A59】

左のほうから読んでいくと、ほ・わ・い・と・ふ・り・る、となる。なのでその店は、5階のブティック〈ホワイトフリル〉だ。

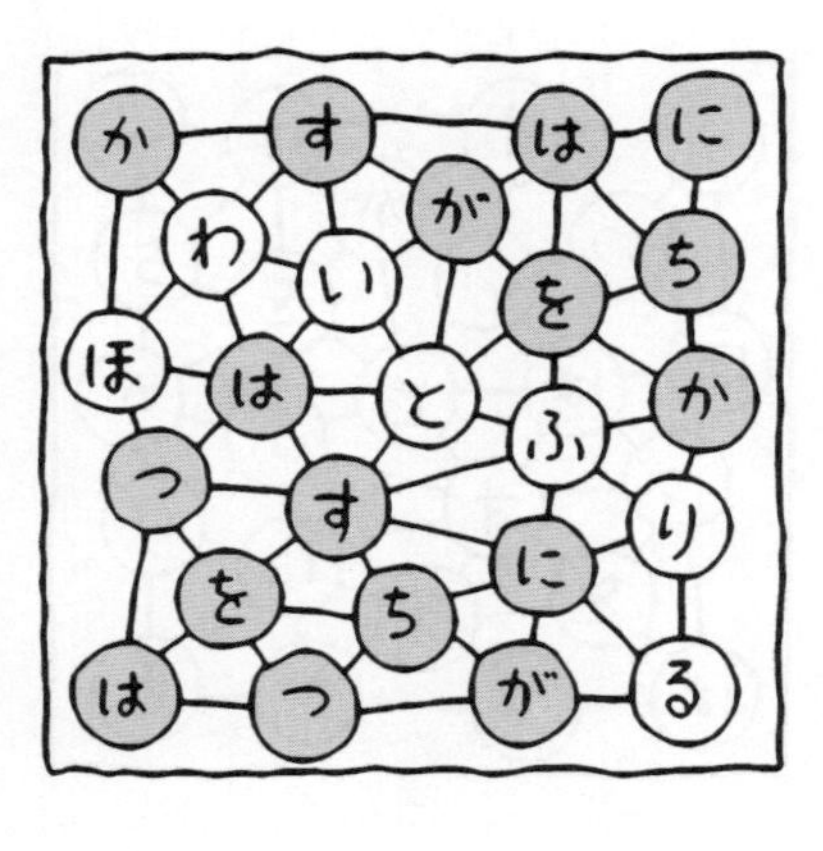

階段で、ワンフロア上にあがる。

〈ホワイトフリル〉のショーウインドウには店名どおり、フリルつきの洋服がいっぱいかざられていた。

白いフリル。

赤いフリル。

青いフリル。

黄色いフリル。

ピンクのフリル。

紫のフリル。

あまりにカラフルで、まるでお花畑にまよいこんだみたいだ。

「なんか目がチカチカしない、たける？」

「チカチカというより、クラクラですね。だれが着るんでしょうか、こんな服？」

「アイやみかんには、絶対似合わないと思うぞ。」

「うん、同感です。」

入り口でひそひそささやきあう男子組には目もくれず、アイとみかんはまっすぐ店にはいっていった。マコト先生もあとにつづく。おっと、置いていかれちゃあマズイ。ユウとたけるはうなずきあい、「お花畑」に踏みこんだ。

「あら、いらっしゃーい。」

近寄ってきた店員のお姉さんのワンピース姿に、ユウはギョッとなった。肩に胸に背中にスカートに、色とりどりのフリルがびっしりくっついていたからだ。ほとんど、歩く二十四色クレヨンだ。

「って、でも、お客さんじゃないのよね。いいのいいの、わかってるんだから。どうせだあれもきやしないのよ、お客さんなんて。もう、きょうじゅうに閉店しちゃおうかな。やってられないわよ、まったくさあ……。」

ぶうたれた口調で、クレヨンお姉さんはつづける。

「コレなんでしょー？　アンタたちの目的はさあ。このパズルが解けたら、このあとどうすればいいかわかるわよ。ほら。」

そういってアイにさしだした正方形のカードは、乱数表になっているのだった——。

【Q60】かくれているもの

この乱数表のなかには、あるものがかくれています。うまく探しだして、それがいる場所をたずねなさい。

ヒントは、「キスはやめて。」です。

2	4	1	8	6	6	2	4	7	4	6
8	6	3	9	4	8	6	9	5	2	8
6	5	7	1	2	6	4	3	1	3	2
2	1	9	5	3	1	5	9	3	1	4
7	5	3	1	9	3	7	1	7	9	3
3	1	4	2	1	5	3	4	8	5	7
5	8	6	7	8	9	2	6	7	8	9
1	9	2	8	3	7	5	8	4	5	1
7	1	5	1	3	9	7	1	3	1	9
8	3	9	7	5	6	1	5	7	7	6
2	6	1	5	9	3	7	1	9	8	4

「キ、キスって……や、やだあっ！」

「だ、だめよ～、キスなんて～～！」

アイとみかんが声をあげた。ほっぺたがポッと赤くなっている。

あ、あのねえ、なにを考えてるんだよ、ふたりとも。ユウはつっこみをいれようとしたが……

なんかこう話題がビミョーな気がして、口をつぐむ。かわりに、たけるがあっけらかんといった。

「だから、『キスはやめて。』なんでしょう、ヒントは。どういう意味かを考えてみないと……あ、待ってください、もしかして……。」

「あのさあ、アンタたち。ソレあげたんだから、もういいでしょ。とっととでてってくれない。」

二十四色クレヨンお姉さんはみんなを追いだすと……ガラガラガラ……いきなりシャッターをしめてしまった。

「ははは……いやあ、まいったな。まさかホントに閉店してしまうとは思わなかったよ。」

ひとさし指で頬をぽりぽりしながら、

「なにかいいかけていたよね、たける。つづけてくれるかな？」

マコト先生はたけるに水を向けた。

「はい、マコト先生。ボクがいいたかったのは、この乱数表の数字のことです。ちらっと見ただけでも、偶数より奇数のほうが多いですね。ヒントの『キス』というのは、この奇数のことではないでしょうか。」

「なるほど、それはおもしろい。だとするとどうなるのかな、たける？」

「キスはやめて……奇数はやめにする、ということだと思います。つまり、乱数表から奇数をぜんぶ取りのぞいてしまうんです。そうすると……。」

たけるは廊下にぺたっとしゃがみこみ、奇数のマスをひとつひとつ、シャーペンで黒く塗りつぶしていった。すると――。

【A60】

表の奇数をすべて塗りつぶすと、ネコのシルエットがあらわれる。したがって、つぎにたずねるべき店は、8階の猫カフェ〈にゃんぐりあ〉だ。

2	4	1	8	6	6	2	4	7	4	6
8	6	3	9	4	8	6	9	5	2	8
6	5	7	1	2	6	4	3	1	3	2
2	1	9	5	3	1	5	9	3	1	4
7	5	3	1	9	3	7	1	7	9	3
3	1	4	2	1	5	3	4	8	5	7
5	8	6	7	8	9	2	6	7	8	9
1	9	2	8	3	7	5	8	4	5	1
7	1	5	1	3	9	7	1	3	1	9
8	3	9	7	5	6	1	5	7	7	6
2	6	1	5	9	3	7	1	9	8	4

にゃーん、にゃーん。

にゃおん、にゃおん。

ふぎゃぎゃあ。

8階の外廊下まで、〈にゃんぐりあ〉からの鳴き声がもれきこえてきた。いったい何びきのネコがいるのだろう。

「この店名ですけれどもね。ボクが思うに、これは大マチガイではないでしょうか。シャングリラ（理想郷）をもじって〈にゃんぐりら〉とするはずだったのに、ミスって〈あ〉ととりちがえてしまったとか。ま、どうでもいいですけど。」

たけるが教養あるところを見せたが、女子ふたりはぜんぜんきいていなかった。

「わあ、カワイイねー、この白ネコ。おじょうっていうんだ、名前。あたし的にはこの子がいちばんだなっ。」

「そう？ わたしはこっちの三毛ちゃんがいいわ〜、サンゴロウ……えっ、ってことは、男の子？ すご〜い！ オスの三毛って、めったにいないのよ〜。この子に一票！」

入り口に掲示された写真パネル〈お店のニャンコ〉を見て、アイとみかんは「ネコさだめ」をはじめている。

「おーい、みんな！ ちょっと、これを見てくれないか！」

店のなかからマコト先生が呼びかけてきた。はいってすぐのところにある、べつのパネルを指さしている。

ん、なんだなんだ？ 近づいていった四人の目に、こんな問題が飛びこんできた——。

【Q61】猫暗号

つぎの猫暗号を解きなさい。解いたら、そのとおり実行しなさい。

〈8猫9猫13猫5猫23猫15猫25猫15猫2猫5猫。猫が消えれば数字がのこる。数字は1から26まで。〉

「ふふふ、おもしろい。猫が消えて笑いがのこるのはチェシャ猫だが、この暗号は猫が消えて数字がのこる、と。どうかね、諸君、解読できるかな。あまり時間がないから、いそいでくれたまえよ。」

マコトの言葉にアイとみかんとたけるがいっせいに反応した。

「かんたん！」

「わかったわ～！」

「解けました！」

ユウもすぐ見ぬいていた。みずき先生の授業のあとじゃ、これしきの暗号は初歩の初歩だ。

「ふむ、たのもしいなあ、みんな。ではユウに答えてもらおうかな。」

指名されて、ユウは解読スタートした。


【A61】

猫が消えてのこった数字は、〈8・9・13・5・23・15・25・15・2・5〉だ。そして「数字は1から26まで」というのだから、つまりこれはアルファベット・ナンバーにちがいない。数字をアルファベットに置きかえると――。

H・I・M・E・W・O・Y・O・B・E……ひめをよべ……ヒメを呼べ、となる。


解読はできたものの、そのあとがよくわからない。ユウは首をかしげかしげ、

「これを実行しろといわれてるんだけど……どういう意味だろう。そもそもヒメってなんだ？」

「そんなの、お店のネコに決まってるじゃない。ねっ、みかん。」

「そうよそうよ。その子をここへ呼べばいいんだわ～。やってみましょ、アイ。」

女子ふたりは手でメガホンをつくり、店の奥に大声で呼びかけた。

「ヒメ～～、おいで～～～っ！」

「にゃーんにゃーん、にゃんにゃんにゃん。」

声といっしょにネコが駆けよってきた。本物ではなかった。茶トラの着ぐるみのネコだ。

は？　四人ともポカンとなった。もしかして……まどか先生？

茶トラのネコはなにもいわずに、茶色い封筒をユウにさしだした。どう反応していいかわからず、ユウはだまって受けとる。

表書きに「マタタビ」とあった。ネコにマタタビ。ぴったりハマっているけど……。

「えーと、これが、なに？」

問いかけたユウを無視し、茶トラのネコはクルッとまわれ右して、そのまま立ち去っていくのだった。うしろ姿でこんな歌を口ずさみながら——。

「♪ニャーホ～、ホートニャンニャンニャンニャン～、ニャホ、ホートニャンニャンニャンニャン～。」

やっぱりまどか先生だ。でも、なんでここに？

ボーゼンとする四人にマコトが肩をすくめて、

「ははは。猫カフェなら絶対わたしの出番よって、まどかがそういいはるものだからね。そんなことより、その封筒に注目だな。」

【Q62】マタタビの意味

ここまでのケースではいつも、パズルが解ければつぎにいくべき場所が判明していた。今回もそうにちがいあるまい。さて、そこはいったいどこか？

するとこの封筒のなかに、なにか問題がはいっているのだろう。マコト先生に指摘されて、ユウはさっそく口をあけてみたが……なんにもなかった。じゃあ、表書きの文字「マタタビ」に意味があるのか……って、どんな意味が？

考えこむユウの目の前に、たけるが館内図をひろげてみせた。

「ちょっといいですか、ユウ。この問題は、ものすごく単純に解釈すればいいのではないでしょうか。ほら、ここを見てください。」

そういって、2階の店舗に指を当てる。旅行代理店〈ガンダルフトラベル〉だった。

【A62】

いわなくても、もうわかりますよね。旅行代理店にくるお客といえば、あっちこっちになんども旅行する人が多いでしょう。なんども旅行する……また旅する……マタタビ、と。

ええっ、いいのかよ、そんなダジャレみたいな答えでさ。ギモン顔になったユウに、たけるがたたみかけた。

「それと、もうひとつ理由があります。ここまで、〈B1↓10F↓6F↓7F↓9F↓3F↓4F↓5F↓8F〉とまわってきましたね。1Fの店はすべてクローズしています。そうすると、あとのこっているのは2Fだけです。といって、コンビニの〈リトル・バスケット〉で、マタタビは売っていないでしょう。だったら消去法で、ここしかありませんよ！」

8階から2階まで、エレベーターで一気にくだる。説得力あるたけるの意見に、みんなハゲしく納得してしまったのだ。そうだよね、それで正解だよね、と。

ぞろぞろとエレベーターをおりる。廊下をはさんで真向かいに、旅行代理店〈ガンダルフトラベル〉のオフィスはあった。こういう店の入り口というのは、ガラスの自動ドアになっているのがふつうだろう。

ここ〈ガンダルフトラベル〉はちがった。重々しい木製のとびらが立ちふさがっていたのだ。目の高さの位置には、「ᚠᚦᛦ」とへんてこりんな文字がきざまれている。

なんなんだよ、これ？　まさかおかしな店じゃないんだろうな。ユウは警戒モードになったが、といってここでじっとしていても進展はない。

「GO、GO、GO。」と目で合図して、ユウは木のとびらに手をかけた。

ギギギーッ。

重たい音をたててとびらがひらく。

正面にカウンターがあり、三人の人物がこっちを向いて腰かけていた。みんな、胸に名札をつけている。向かって左から、〈エルフ〉〈ドワーフ〉〈ホビット〉となっていた。

と、部屋の奥から、べつの人物があらわれた。とんがり帽子に灰色のマント。手には杖を持っている。胸の名札に〈魔法使い〉とある。

な、なんだなんだ？ あっけにとられる四人に、マコト先生が小声でいった。

「見ていたまえ、諸君。これからパズル劇がはじまるぞ。」

【Q63】パズル劇

魔法使い「まったくもってけしからん。この3人のなかで、わしの大切なビールを飲んでしまったヤツがおるのだ。さっさと白状せんか、おまえたち。」

エルフ「わたしが飲みました。」

ドワーフ「エルフは飲んでおらん。」
ホビット「ぼくは飲んでませーん。」
返事をきいた魔法使いはユウたちのほうに向きなおって、
魔法使い「じつはこの3人のなかで、ウソをついている者がふたりおる。わしのビールを飲んだふとどき者は、いったいどいつか？」

　ははあん。ユウはコクンコクンした。これって、飛鳥先生が大得意な論理パズルじゃないか。よく考えればかならず解けるはずだ。えーと……。

　ユウをはじめ、全員が腕組みして考えこんだ。だれにいうともなくマコト先生がつぶやく。

「このパズル劇は、『パスワード四百年パズル』にでてくる問題をもとにしたものでね。なにをかくそう、このぼくが脚本を書いたんだよ……。」

　その言葉が終わるか終わらないかのうちに、全員が腕組みをほどいてつぎつぎと手をあげた。

「わかりました！」と、男子組。

「できましたあ！」と、女子組。

「おおっ、どんどん早くなるなあ、みんな。ここはアイにまかせようかな。」

マコト先生に名指しされて、アイが謎解きをはじめた――。

【A63】

まず、エルフとドワーフに注目するの。ふたりがいっていることは真逆じゃない。ってことは、どちらかがウソをついているわけでしょ。そして魔法使いが、「ウソをついている者がふたりいる。」といってるんだから、もうひとり、ホビットもウソをついていることになるよねっ。したがって、「ぼくは飲んでませーん。」というのはウソで、ビールを飲んでしまったのはホビットでーす。

うん、文句なし！　ユウとたけるとみかんは拍手パチパチした。

魔法使いがとんがり帽子をぬぎ、ペコリと一礼した。「脱帽」ということだろう。それを合図にエルフとドワーフとホビットが席を立ち、どこかへ立ち去っていった。パズル劇はこれでおしまいなのだ。

「おお、四人の勇者たちよ！」

芝居がかった口調で、魔法使いが語りかけてきた。

「おまえたちの知恵と勇気は賞賛にあたいする。ほうびに、これをやろう。」

マントの下から茶色い紙筒を取りだして、アイに手わたすと、

「いざ、さらば。つぎはエルロンドの館で会おうぞ！」

意味不明のセリフを口走りつつ、姿を消してしまった。魔法使いのやることはさっぱりわからないけど……ま、いいや。ンなことよりもさ。

アイに手わたされた紙筒にユウは注目した。あれにはトーゼン、意味があるに決まってるぞ。みかんもたけるも、茶色の紙筒にじーっと目をそそいでいる。みんなの視線を感じたアイが、

「うん、わかってるって。いまあけるから。」

紙筒に手をかけて、先端をスポッとはずした。

「あ、なにかはいってるよ。」

なかに指をつっこんで、丸まった紙を引っぱりだす。でてきた紙をクルクルッとのばすと、

「わっ、見て見て、これ！」

アイが声をはりあげた。

極太の書体で、たった三文字だけが書きこまれていた。そしてその下に、こんな指令文がでていたのだった。

【Q64】謎の町名

《米家町》

——これは最終指令です。この場所がどこかをつきとめて、10分以内にいきなさい。

この町は？

ユウ＆アイ＆みかん＆たけるは、顔を見あわせていた。「十分以内にいけ。」というからには、ここ森崎町の近くなのだろう。けど、そんな名前はきいたことがなかった。

「どこだ？　知ってる、アイ？」

「ううん。みかんはどう？」

「わたしも知らないわ～。たけるは？」

「いや、ボクもきいたことありませんね。」

だれも知らない。謎の町名だ。本当にあるのか、そんな町……米家町……「こめやまち」……それとも「べいかちょう」と読むのだろうか……え？　ユウの頭になにかが引っかかった。そのとき。

「あ、待って。もう一枚はいってた。」

紙筒から、アイがべつの紙を取りだした。丸まっているのをクルクルのばす。地図があらわれた。森崎町の案内マップだった。オレンジ・ストリートのショップを中心に、横道にある店までびっしりと書きこまれている。

おやっ？

ユウの目が、とある横道にひきつけられた。あの森崎町第一ビルがある道の数本先、目抜き通りとやはり直角に交差する細道だ。「七つ星通り」と記されている。

ふーん、シャレた名前だな。なにかいわれでもあるんだろうか。なにげなしに道をたどっていったユウの視線が、すぐそばに横たわる川――白岡川の近くでピタッととまった。「喫茶」と書かれた一軒の店があった。

その瞬間だった。ピカピカピカッ。ユウの頭のなかを閃光が走りぬけた。さっき頭に引っかかったのは、コレだったのだ。

ここだ！　ここにまちがいない！

「やはりどこにもないですね、そんな町は。」

「うん、ホントに～。」

マップをのぞきこんで、たけるとみかんが首をかしげあっている。アイもうかない顔だ。

「名探偵諸君、ぼくはわかったぞ！」

きっぱり宣言して、ユウはすかさず謎解きにかかった――。


【A64】

米家町……べいかまち……べーかー街……ベーカー街。というわけで、謎の町名の正体は、「七つ星通り」にあるこの店――喫茶店「ベーカー街」にほかならない。ホームズとワトソンが住んでいた、ロンドンの街の名前だ。


そういったあとで、ユウはふっと思いついたことをつけくわえた。

「英語でベーカーはパン屋さんのことだよね。米家はもちろんお米屋さんだ。どっちも〈主食〉で共通しているところがおもしろいと思わないか、ねえ、みんな？」

「すごい！　そんなこと、よく思いついたね、ユウ！」

「わたし、びっくり～～。天才だったのね～、ユウって。」

「いやはや、おどろきです。本物の名探偵だったんですね、ユウは。」

絶賛の嵐が巻き起こった。そこまでいわれると、さすがにくすぐったいぞ。そうだ、マコト先生からなにかコメントはないんだろうか。

「あの、マコ……あれっ？」

ユウはあたりをキョロキョロした。マコト先生の姿がどこにも見あたらなかったのだ。アイとみかんも気づいたようだ。

「どうしたんだろ、マコト先生？」

「どこいっちゃったのかしら〜？」

「ま、なにか用事ができたのでしょう。それより、答えがでたんですから、さっそくいってみませんか、その『ベーカー街』という喫茶店に。」

たけるが率先して、〈ガンダルフトラベル〉をでていく。それもそうだ。ユウ&アイ&みかんがうしろにつづく。階段で1階におりると、四人はそろってピラミッド・スクエアをあとにした。

リアル脱出ゲーム、これにて終了だ！

【放課後】宿題 by ネロ＝レイ

ピラミッド・スクエアから駆け足で二分ちょっと。「七つ星通り」ぞいに、木造二階建ての洋館が建っている。人の住まいではなかった。その証拠に、入り口のくもりガラスとびらの上にはこんな看板がでていた。

〈BAKER STREET――ベーカー街〉と。

そう。最後のパズルがしめしていたのは、この店だったのだ。とびらの前で足をとめ、夏木ユウ・雪野アイ・大崎みかん・ソムトウたけるは、目でスバヤク会話した。

「？」と、男子組。

「！」と、女子組。

〈なか、はいるよね？〉〈うん、もちろん！〉の意味だ。

「よーし、それじゃ、GOGOGO！」

ユウの合図で、両開きのとびらをみんなして引きあける。

はいってすぐの左手に2階へつづく階段があったが、のぼり口にはロープが張りわたされていた。上のフロアはつかわれていないらしい。

階段わきのひろびろしたフロアに、四人掛けのテーブル席が八卓あった。フロアの奥には、長いカウンターが設置されている。

そのカウンター席に、見知った顔ぶれが腰をおろしていた。左から、みずき先生、まどか先生、飛鳥先生、マコト先生だ。ユウたち四人を見て、つぎつぎと声が飛んできた。

「ヤッホー、ヤッホー。早かったじゃん、みんな。問題、むずかしくなかった？」と、みずき。

「ニャッホー、ニャッホー。スゴイわねー、四人とも。わたしだったら、半分も解けなかったかもぉ。」と、まどか。

「優秀優秀。ホントのほんとにたいしたもんだ。きみたちのパズル力って、相当なレベルだと思うぞ。」と、飛鳥。

「いやいやいや、本当によくやったなあ、みんな。正直いって、まさかここまでやるとは思わなかったよ。」と、マコト。

その言葉に呼応するかのように、カウンターの内側からすずしい声がひびいてきた。

「うむ、まったくだな、名探偵諸君。おめでとう。パスワード探偵スクール、みごと卒業だ。」

声のぬしはファッションモデルとも女優とも見まがう、マリンブルー・ワンピースの超美女だ。

「あっ、ネロ！」

四人はいっせいに呼びかける。と、ネロが静かにかぶりをふって、

「待ってくれたまえ、諸君。ここではべつの名前で呼んでくれないかね。」

そういうと、口調がガラッとチェンジした。

「あらためて自己紹介させてもらおうかな。わたしの本名は野沢レイ。ここベーカー街の店主なのよ。よろしくね、ユウ、アイ、みかん、たける。」

へえっ、そうだったんだ！

ユウは、百パーセント納得してしまった。「ネロ」もかっこいいけれど、「野沢レイ」って、なんていうか、マリンブルーの美人にはぴったしの名前じゃないのか。そんな気がする。

「そっかあ。電子探偵団団長で、カフェのオーナーだったんだ。スーパー・レディーなんだねっ、ネロ＝レイさんって。」

「ほんとにぃ〜。わたし、ソンケイしちゃうわ〜〜。」

アイとみかんがささやきあっている。いっぽうたけるは、なにか気になることがあるようだった。店内を見まわしては首をひねっていたが、とうとう口をひらいた。

「ところで、ダイ先生はどうしたんでしょうか？　ここにはいないようですが。」

ああ、そういえば。あの「ダジャレ大魔神」の姿がどこにも見あたらない。まさか帰ってしまったんじゃないよな。ユウがそう思ったときだった。

ドシンドシン、ズシン。地響きとともに、重量級の影が飛びこんできた。

「ごめーん、みんな。おくれちゃったよお！」

ダイ先生だった。走ってきたのだろう、ハアハアと息を切らしている。カウンターの四人からいっせいに、ブーイングの声があがった。

「おそーい！　なにやってたのよ、ダイ！　あたし、ハラハラしちゃったよっ！」と、こぶしをふりあげてみずき先生。

「大迷惑だったんだからな、ダイ。おかげでラストの問題が間に合わなかったじゃないかよ。しょうがないんで、ぼくがあわてて考えたんだぞ。」と、ぷんぷんモードでマコト先生。

「そうよそうよ、ほんとに迷惑なのよ。どのくらい迷惑かというと、大きな旗と小さな旗があって、小さな旗をかざればよかったのに大きな旗をかざったために通行ができなくなってしまったくらい迷惑だわ。はた迷惑、なーんて、きゃはは。」と、チェシャ猫顔でまどか先生。ギャグがいいたかっただけかもしれない。

「サッといってサッと帰ってくるんじゃなかったのか、ダイ？　もしかして、いきにラーメン三杯、帰りにカツ丼三杯とかたいらげてきたんじゃないだろうな。」と、皮肉たっぷりに飛鳥先生。

「ちょっとちがう。カツ丼三杯じゃなくて、特製チャーシューどんぶり四杯だよお。もう、うまかったのなんのって。」

ダイ先生が返事した。カウンターの四人が、「はら・ほろ・ひれ・はれ」とずっこける。ユウたちも耳をうたがっていた。特製チャーシューどんぶり四杯って……ダジャレ大魔神は、胃袋大魔神でもあったらしい。それでこの体型なのか。

「いやあ、じつはさあ。」

ダイが説明をはじめた。こんなふうないきさつだった——。


ピラミッド・スクエアを舞台にしたリアル脱出ゲーム。

じつはラストの問題は、パズル作家のオオニシさんに依頼していた。完成しだい、電子塾本部にメールで送ってもらうことになっていたという。

ところが。

探偵スクールがはじまっても、いっこうにメールがとどかない。どうしたのかと思っているうち、あせあせ声で電話がかかってきた。

パズルはできた。しかし、パソコンがこわれてメールできなくなってしまった。直接とどけようかと思ったが、いま取りこみちゅうで手がはなせない。だれか、家まで取りにきてもらえないだろうか、と。

「わかった。じゃあ、ぼくがいくよお。サッといってサッと帰ってくるから。」

ちょうど2時間目の授業を終えたダイが、いそいで出向いていった。

オオニシさんの家に到着して、ダイは思わず鼻をヒクヒクさせた。ぷーんと、いいにおいがする。な、なんだろう、ものすごーくおいしそうなんですけど。においだけでもう、よだれダラダラ状態になった。

「よくきてくれたね。まあ、あがってよ。」

パズルのはいった封筒をダイにわたすと、オオニシさんはいうのだった。

「ちょうどよかった。朝からチャーシューをつくっていてね。たったいまできた。試食してみてくれないかい、ダイくん。」

取りこみちゅうで手がはなせない、というのはそれだったのかあ。お手製のチャーシューの試食、のぞむところだい！　ダイはよろこんで承知する。

「はい、お待たせ。特製のチャーシューどんぶりだよ。」

ごはんの上に山盛りのチャーシューがのったどんぶりがでてきた。う、う、うまそう。ダイは舌なめずりして、

「いただきまあす……バクバクバクバク……ああ、おいしかった。」

「ほう、いい食べっぷりだねえ、ダイくん。よかったら、おかわりはどうだい？」

「うん、いただきまあす……バクバクバクバクバクバク……。」

というのを四回くりかえして、さすがにダイも満腹になった。く、苦しいよお。もうなにも食べられない。と思ったら。

「デザートはどうかな、ダイくん。いちご大福がいっぱいあるんだ。」

と、オオニシさんがいうのだった。満腹だけど、いちご大福用にはべつの胃袋がある。いただきまあす……バクバクバクバクバクバクバク……十二個たいらげてはっと気がついたときにはもう、一時間以上がすぎていたのだった。しまったあ！

あわててサヨナラすると、ダイは森崎町にもどってきた。この時間だと、リアル脱出ゲームはずいぶん進行しているころだろう。その足でピラミッド・スクエアに向かったけれども……だれもいなかった。終わってしまったようだ。

うわあ、どうしよう……って、いまさらどうしようもないかあ。ともかく、ぼくもいそいでゴール地点にいかないと……。


「……というわけで、おくればせながらこれが、あずかってきたパズルだい！」

白い封筒を、ダイが高々とさしあげた。

「あ、あのねえ、ダイ。なにがいちご大福だよ。きみは、探偵としての自覚というものが……。」

「待ってくれないかな、飛鳥。お小言はあとまわしにするとして。」

とんがり声になった飛鳥を制して、レイがダイをうながした。

「それでは、ダイ。発表してもらおうかな、オオニシさんからわたされたパズル。どんな問題なのか、わたしも興味津々なのよ。」

「了解。それじゃ、オープンするぞお。」

ダイは封筒をあけて……ガサガサガサ……折りたたまれてなかにはいっていた紙をひろげた。

そこに描かれていたのは、アルファベットと数字がデタラメにいりまじった、落書きみたいなこんな図だった——。

【Q65】落書きみたいな図

一見すると落書きのようですが、そうではありません。ある手順で読み解いていけば、ひとつの言葉がうかびあがってきます。その言葉がしめす場所にいきなさい。

なんだろう、これは？

ユウ&アイ&みかん&たけるは、それぞれ考えこんだ。いや、答えは決まっているのだ。最後のパズルがしめす場所なのだから、ここ「ベーカー街」にちがいない。けれど、この図をどう読み解けば、その名前がうかびあがってくるのか……うーん、ぜんぜんわからない……。

いっぽう電子探偵団のメンバーは、見たとたんに全員が「うん、うん、うん、うん、うん。」とうなずきあっていた。一瞬で見やぶったらしい。ユウはあせった。な、なんでわかるんだよ、マコト先生たち……。

「ちょっといいかね、名探偵諸君。もういちど、図をよく見てくれたまえ。」

ユウ・アイ・みかん・たけるの顔を順番に見て、レイが呼びかけてきた。ふたたびネロ口調にもどっている。

「内側と外側が問題なのだよ。よく見くらべてみることだ。おっと、ヒントをいいすぎたかな。」

内側と外側？　図の円の内側と外側のことか？　見くらべるって……おや？　ユウは、はたと気がついた。内と外の数字とアルファベット。おなじものとちがうものがある。ということは……もしかしたら。

「あのー、ダイ先生、その紙、ちょっと貸してもらっていいですか。」

【A65】

図を受けとり、手近のテーブルの上に置くと、ユウはシャーペンを取りだして、

「9と、4と、7と、3と、5と、5……よし、終了。」

つぶやきながら、円の外とおなじ内側の数字を消していった。すると〈2・2・1〉の三つがのこった。

「あたしにもやらせてやらせてっ。Fと、Aと、Nと……あ、これでぜんぶだね。」

見ていたアイが身をのりだして、シャーペンをふるう。アルファベットは〈B〉だけがのこった。数字とつなげると……221B！

「ああっ、そっか〜〜！」

「そういうことですか！」

みかんとたけるが声をそろえる。

ベーカー街221B。そう。図のなかには、ホームズとワトソンが下宿していた家の番地がしめされていたのだった。

9F47AN355

☆

「わあっ、おいしいっ。」と、アイ。

「ぜんぜん味がちがうわ〜〜。」と、みかん。

「ほんとですね。これを飲んでしまったら、ほかのミルクティーは飲めません。」と、たける。

「特別な葉っぱと牛乳なのかな。それとも、レイさんの腕？」と、ユウ。

「あらあら、光栄だな、おほめいただいて。かんたんなことよ。紅茶にミルクをそそぐとき、『おいしくなあれ、おいしくなあれ。』と、そっと語りかけるの。なんて、冗談だけれどね、ふふふ。」と、レイ。

あのあと。

電子探偵団のメンバー五人は……「それじゃあ！（マコト先生）」「またねっ！（みずき先生）」「シー・ユー・アゲイン！（飛鳥先生）」「さよなら三角、またきてハンペン！（ダイ先生）」「にゃおお、にゃおにゃおにゃお！（まどか先生）」……それぞれにわかれの言葉をつげて、「ベーカー街」をでていった。手をふって見送ってから、レイがいった。

「ユウ、アイ、みかん、たける。みんなはまだ、のこっていてくれるかな。いま、ベーカー街特製のミルクティーをごちそうするからね。」

というわけで、四人は優雅なティー・タイムを楽しんでいるのだった。

しばらくして、カップもポットも空になった。

「では、そろそろおひらきにしようかしら。けれどその前に、ちょっといいかな、名探偵諸君。きいてもらいたいことがあるのよ。」

あらたまったふうに、レイが全員に呼びかけてきた。おやっ。ユウは気づいたことがあった。電子塾本部では、レイさんはぼくたちを「探偵諸君」と呼んでいた。それがいつのまにか「名探偵諸君」になっている。それだけぼくたちがレベルアップした、ということだろうか……。

「わたしがはじめてミステリーを読んだのは、小学校三年生のときだった。シャーロック・ホームズの『赤毛連盟』と『六つのナポレオン』、そして『バスカヴィル家の犬』だったわね。読み終わったとき、大げさではなくて世界がかわったような気がしたな。こんなにおもしろい話があったんだ、ミステリーというのはこんなにすごくて楽しいものなんだ、とね……。」

自分の言葉をかみしめるように、レイは語りはじめた。

それ以来、どれだけの推理小説を読んできたことだろう。二千冊？　三千冊？　ううん、もっとかもしれない。読めば読むほど、ミステリー熱は高まるばかりだった。できればこの世にある推理小説をすべて読破したい。そして自分も名探偵になりたい。本気でそう思ったほどだった……。

「まあ、それはともかくとして。推理すること、謎解きすることは、比類ない頭の運動になり心の栄養にもなる。謎解きぬきの生活などありえない。それがわたしの信条になっていたの。ミステリーと同時にパズルに熱中したのもおなじ理由ね。だから……。」

電子塾の立ちあげに関わったときに、レイは考えたのだという。塾にはいってくる小学生たちに、勉強とはべつに謎解きする楽しさ、おもしろさを教えることはできないものだろうか、と……。

「そう思って結成したのが、電子探偵団だったのよ。そのあとのことは、『風浜電子探偵団事件ノート』シリーズに書かれているから、よかったら時間があるときに読んでもらえるかな、みんな。でね……。」

そこまでしゃべると、レイはまたまたネロにチェンジした。

「わたしとしてはこれからも、謎解きする醍醐味をもっとおおぜいの子どもたちにつたえていきたいと思っている。そこで考案したのが今回の企画なのだよ。できれば年に二度、森崎町の春と秋のイベントとタイアップして、パスワード探偵スクールをひらく。この風浜で、ミステリー&パズルの輪を大きくひろげていきたい。それこそがわたしの願いなのだ……。」

そこで名探偵諸君にお願いがある。つぎの探偵スクールでは電子探偵団にかわって、諸君に先生役をたのみたい。そのためにも、もっとミステリーを読み、もっともっとパズルにも挑戦して、探偵力をさらにやしなってほしい。それを諸君への宿題としよう。

そういうと、ネロ=レイはこんなふうにしめくくるのだった。

「がんばってくれたまえよ、ユウ、アイ、みかん、たける。名探偵はやすむヒマなどないぞ。なにしろ、世界は謎でいっぱいなのだからな!」

☆☆

「ベーカー街」をでる。

四人は一列になって、「七つ星通り」を歩いていく。

先頭で歩をすすめながら、ユウはネロ=レイの言葉を反芻していた。

そうだ、名探偵はやすんでいるヒマなんかないんだ。このメンバーでもっと推理合戦、もっとパズル合戦しながら、「探偵道」を追求していけたらと思う。

そのためには、どうすればいいんだろうか……ん、待てよ。マコト先生・飛鳥先生・ダイ先生・みずき先生・まどか先生の顔が、ユウの頭によみがえってくる。

その瞬間、あるアイデアがうかんできた。

あの五人みたいに、ぼくたちも「探偵団」を結成すればいいんじゃないのか。電子探偵団にならって、ネット経由でやりとりするのもいいだろう。メールとかチャットとかＬＩＮＥとか、方法はいろいろありそうだ。きっとみんなも賛成してくれると思う。

でもどうせなら、とユウは思った。

どこかで定期的に顔を合わせたいよな。そのほうが結束力も強くなるはずだし。それよりなにより、このメンバーでおしゃべりするのってものすごく楽しいからさ！

どういうふうに実行するのか。

それはこれから、みんなで話しあって決めればいいと思う。

その前に、いっそのこと、チーム名を決めてしまうのはどうだろう。

えーと、たとえば、どんなのがいいか？

やっぱり、びしっと決まったカッコいい名前がいいよな。

よーし、さっそくディスカッション開始だ！

足をとめてうしろをふり向くと、アイ&みかん&たけるにユウは呼びかけた。

「名探偵諸君。じつは、提案があるのだがね……。」


（おわり）

いきなりズラリならんだ七つの顔マーク。「1時間目・暗号通信 by みずき」を読んでくれたみんなならすぐわかるよね。
じつはコレ「似顔絵暗号」で、「ATOGAKI——あとがき」と書いてあるのでした。まだ知らないヒトは、54ページの表を見て確認してくださいねっ。
それじゃ、あらためて、あとがきスタート！
パスワードシリーズ第一巻『パスワードは、ひ・み・つ』を刊行してから、今年で二十一年をむかえます。この間、本にでてきた問題は、数えたことはないけれど、たぶん一〇〇〇題をこえるんじゃないかな。基本的なパターンは、ネット上でひらかれる「電子捜査会議」でパズルが出題され、五人の電子探偵団員——マコト・飛鳥・ダイ・みずき・まどかが謎解きするというもので、ぼくとしては、「本編とはべつに、パズルのおもしろさを読者のみんなにつたえられたら。」という思いでストーリーに取り入れたものでした。

それが巻がすすむうち、「いっそのこと、いろんな問題を収録したパズルブックをだすのはどうだろう。うん、それ名案！」と思いたちました。といって、単に問題だけを羅列した本ではおもしろくありません。どうせやるからには、ドキドキするような物語仕立てにしたい。ぼくはそう考えて、一九九八年に『パスワード「謎」ブック』を、さらに二〇〇四年には第二弾の『「謎」ブック2 パスワード四百年パズル』を刊行したのでした。

それから十二年。そろそろ「パズルブック3」を書きたい、とずーっと思っていたのですが、「1」や「2」を上回るようないいストーリー設定がなかなかうかんできません。

うーん、どうすればいいかなあ……とあれこれ考えているうちに、トツゼンひらめいたアイデアがありました。マコトたち電子探偵団が「先生」になって、べつのメンバーにパズルを出題するというのはどうだろう……おおっ、いいじゃないか、それ。それで決定だあ！

というわけで完成したのが、本書『パスワード 探偵スクール』です。「どうだ、これでもか！」とばかり、合計323問も出題された大量のパズル群、さあて、キミは何問解けたかな？

（なお問題数は、「例題」としてでたものもカウントしています。念のため。）

なにしろ今回はめったやたらにパズルが多かったため、イラストのほかに大量のカットを描いていただいた梶山直美さんにはたいへんなご苦労をおかけしたことと思います。

また、パズルを提供していただいたばかりでなく、図版作成まであれこれと手がけていただいたパズル作家の大西憲司さん、本当にありがとうございました。

そこで本文中に「画家のカジヤマさん」「パズル作家のオオニシさん」と実名で登場していただき、感謝の念をささげたいと思います……って、それは「感謝の念」になっているのかな？

そしてもうひとり、古くからの読者、東京都の高校生・大槻亮介さん。ずいぶん前からメールでいろいろな問題を送ってくれて、ぼくもそのつどレスしていました。「2時間目・ギャグ台風byダイ」の「Q15・47都道府県パズル」は、彼とのそんなやりとりのなかからうまれたものです。亮介さん、どうもありがとう。これからもずっとずっと、パズル心をわすれないで！

さて。

今回、探偵スクールの生徒として登場した新キャラ——夏木ユウ&雪野アイ&大崎みかん&ソムトウたけるの四人。まだ小学生なのにそろいもそろって、信じられないぐらいのミステリー通ばかりだよね。そんな探偵マニアなメンバーがこれ一回こっきりでサヨナラではなんだかものたりないし、作者としてもちょっとしのびないものがあります。ラストの一ページでユウ本人もいっているように、もしかしたらこの先、なにかあらたな展開が待ち受けているんじゃないかな。じつは……おおっと、このあとはまだ、ひ・み・つ！

二〇一六年五月二十五日

松原秀行（E-mail:e-tanteidan@amy.hi-ho.ne.jp）

＊著者紹介

松原秀行（まつばらひでゆき）

神奈川県に生まれる。おひつじ座のB型。早稲田大学文学部卒業後、フリーライターに。さまざまなジャンルで執筆する一方で、児童文学を書きつづける。1995年より「パスワード」シリーズをスタート、現在に至る。おもな著書に青い鳥文庫で、『パスワード外伝 猫耳探偵まどか』『竜太と青い薔薇（ばら）（上）（下）』『竜太と灰の女王（上）（下）』『オレンジ・シティに風ななつ』、YA！ENTERTAINMENTで「レイの青春事件簿」シリーズ（いずれも講談社）、「鉄研ミステリー事件簿」シリーズ、「アルセーヌ探偵クラブ」シリーズ（いずれもKADOKAWA）がある。

＊画家紹介

梶山直美（かじやまなおみ）

静岡県に生まれる。みずがめ座のO型。「別冊マーガレット」で漫画家としてデビュー。児童書のさし絵は「パスワード」シリーズのほかに、「レイの青春事件簿」シリーズ（講談社YA！ENTERTAINMENT）、『くいしんぼ探偵団 謎のお宝さがし』（ポプラ社）などがある。

パズル協力／大西憲司

講談社 青い鳥文庫　186-39

パスワード 探偵(たんてい)スクール

パズルブック323問(もん)！

松原秀行(まつばらひでゆき)

2016年6月15日　第1刷発行
2017年4月5日　第2刷発行

（定価はカバーに表示してあります。）

発行者　鈴木 哲

発行所　株式会社講談社

東京都文京区音羽2-12-21　郵便番号112-8001

電話　編集（03）5395-3536
販売（03）5395-3625
業務（03）5395-3615

N.D.C.913　328p　18cm

装　丁　渡邊有香・谷川美波（プライマリー）
久住和代

印　刷　図書印刷株式会社

製　本　図書印刷株式会社

本文データ制作　講談社デジタル製作

ISBN978-4-06-285560-0

パスワード

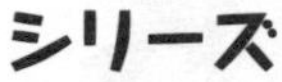

松原秀行／作
梶山直美／絵

どこから読んでも楽しめるよ！

① パスワードは、ひ・み・つ new

電子探偵団は、ここから始まった！

② パスワードのおくりもの new

新たにまどかが電子探偵団に加わって!?

③ パスワードに気をつけて new

電子探偵団を狙う謎のDr.クロノスとは。

④ パスワード謎旅行 new

電子探偵団が３泊４日の謎解き旅行に！

⑤ パスワードとホームズ４世 new

電子探偵団がホームズのひ孫と対決！

⑥ 続・パスワードとホームズ４世 new

電子探偵団、財宝探しに離れ小島へ！

⑦ パスワード vs. 紅カモメ

電子探偵団にライバル『紅カモメ』現る！

番外編 パスワード「謎」ブック

電子探偵団と75問のパズルに挑もう！

8

パスワードで 恋をして

団長ネロの友情話に
マコトの恋バナ!?

9

パスワード 龍伝説

香港でネロを襲う
龍!?　怪事件勃発！

10

パスワード 魔法都市

今度はロンドンへ！
伯爵の野望とは!?

11

パスワード 春夏秋冬（上）

ダイの伯父さんの帰
郷が大事件を呼ぶ！

12

パスワード 春夏秋冬（下）

巨大な円の謎に、ま
どかの暴走推理が！

13

パスワード 幽霊ツアー

ロンドンをかけめぐ
る幽霊騒動に挑む！

14

パスワード 地下鉄ゲーム

ゲーム大会のはずが
本物の犯罪事件に！

15

パスワード 四百年パズル

「謎」ブック第２弾！
最強の暗号に挑戦だ！

16

パスワード 菩薩崎決戦

野原たまみ脅迫事件
が思わぬ方向へ！

17

パスワード 風浜クエスト

風浜の街を舞台に、
リアル RPG 対決！

18
パスワード 忍びの里

えっ、電子探偵団が卒業!? 卒業旅行編!

19
パスワード 怪盗ダルジュロス伝

伝説の怪盗と対決! ネロ in パリ編!

20
中学生編
パスワード 悪魔の石

中学生でも事件あり! 中学生編スタート!

21
中学生編
パスワード ダイヤモンド作戦!

レイが結婚!? 秘密プロジェクト決行!

22
中学生編
パスワード 悪の華

電子探偵団の前に最強最悪の敵が出現!

23
中学生編
パスワード ドードー鳥の罠

ドードー鳥の数え歌に隠された罠とは!?

24
中学生編
パスワード レイの帰還

レイを待ち受けていたのは新たな事件!

25
中学生編
パスワード まぼろしの水

ダイに異変が!? 奇跡の宝石を狙うのはだれ?

26
中学生編
パスワード 終末大予言

レイの前に現れた、謎の男の目的とは!?

27
中学生編
パスワード 暗号バトル

ミステリー小説くらべが思わぬ事件に!

0

パスワード はじめての事件

電子探偵団が結成
される前の事件！

パスワード 探偵スクール

323問のパズル
ブックに挑戦！

パスワード 学校の怪談

怪談の謎を解決、
するはずが……!?

「パスワード」
シリーズは
まだまだ続くよ！

外伝

パスワード 猫耳探偵まどか

暴走推理の達人、
まどかが探偵に!?

外伝

パスワード 恐竜パニック

科学者の大発明!?
風浜に恐竜が現る！

28 中学生編

パスワード 渦巻き少女

絵画の盗難事件が発
生!?　名画の行方は？

29 中学生編

パスワード 東京パズルデート

3組のデート現場に
謎の白衣の集団が!!

30 中学生編

パスワード UMA騒動

孤島「村尾島」に
ふしぎな生物現る!?

おもしろい話がいっぱい！

パスワード シリーズ

パスワードは、ひ・み・つ new　松原秀行
パスワードのおくりもの new　松原秀行
パスワードに気をつけて new　松原秀行
パスワード謎旅行 new　松原秀行
パスワードとホームズ4世 new　松原秀行
続・パスワードとホームズ4世 new　松原秀行
パスワード「謎」ブック　松原秀行
パスワード vs.紅カモメ　松原秀行
パスワードで恋をして　松原秀行
パスワード龍伝説　松原秀行
パスワード魔法都市　松原秀行
パスワード春夏秋冬(上)(下)　松原秀行
魔法都市外伝 パスワード幽霊ツアー　松原秀行
パスワード地下鉄ゲーム　松原秀行
パスワード四百年パズル「謎」ブック2　松原秀行
パスワード菩薩崎決戦　松原秀行
パスワード風浜クエスト　松原秀行
パスワード忍びの里 卒業旅行編　松原秀行
パスワード怪盗ダルジュロス伝　松原秀行
パスワード悪魔の石　松原秀行
パスワードダイヤモンド作戦！　松原秀行
パスワード悪の華　松原秀行
パスワード　ドードー鳥の罠　松原秀行
パスワード　レイの帰還　松原秀行
パスワード　まぼろしの水　松原秀行
パスワード　終末大予言　松原秀行
パスワード　暗号バトル　松原秀行
パスワード外伝　猫耳探偵まどか　松原秀行
パスワード外伝　恐竜パニック　松原秀行
パスワード　渦巻き少女　松原秀行
パスワード　東京パズルデート　松原秀行
パスワード　UMA騒動　松原秀行
パスワード　はじめての事件　松原秀行
パスワード　探偵スクール　松原秀行
パスワード　学校の怪談　松原秀行

名探偵 夢水清志郎 シリーズ

そして五人がいなくなる　はやみねかおる
亡霊は夜歩く　はやみねかおる
消える総生島　はやみねかおる
魔女の隠れ里　はやみねかおる
機巧館のかぞえ唄　はやみねかおる
踊る夜光怪人　はやみねかおる
ギヤマン壺の謎　はやみねかおる
徳利長屋の怪　はやみねかおる
人形は笑わない　はやみねかおる
「ミステリーの館」へ、ようこそ　はやみねかおる
あやかし修学旅行　鵺のなく夜　はやみねかおる
笛吹き男とサクセス塾の秘密　はやみねかおる
オリエント急行とパンドラの匣　はやみねかおる
ハワイ幽霊城の謎　はやみねかおる
卒業　開かずの教室を開けるとき　はやみねかおる
名探偵 vs.怪人幻影師　はやみねかおる
名探偵 vs.学校の七不思議　はやみねかおる
名探偵と封じられた秘宝　はやみねかおる

怪盗クイーン シリーズ

怪盗クイーンはサーカスがお好き　はやみねかおる
怪盗クイーンの優雅な休暇　はやみねかおる

講談社　青い鳥文庫

怪盗クイーンと魔窟王の対決　はやみねかおる
怪盗クイーン、仮面舞踏会にて　はやみねかおる
怪盗クイーンに月の砂漠を　はやみねかおる
怪盗クイーン、かぐや姫は夢を見る　はやみねかおる
怪盗クイーンと悪魔の錬金術師　はやみねかおる
怪盗クイーンと魔界の陰陽師　はやみねかおる
ブラッククイーンは微笑まない　はやみねかおる
怪盗道化師　はやみねかおる
バイバイ スクール　はやみねかおる
オタカラウォーズ　はやみねかおる
少年名探偵WHO 透明人間事件　はやみねかおる
少年名探偵虹北恭助の冒険　はやみねかおる
ぼくと未来屋の夏　はやみねかおる
恐竜がくれた夏休み　はやみねかおる
復活!! 虹北学園文芸部　はやみねかおる

大中小探偵クラブ シリーズ

大中小探偵クラブ (1)〜(3)　はやみねかおる

タイムスリップ探偵団 シリーズ

坂本龍馬は名探偵!!　楠木誠一郎
平賀源内は名探偵!!　楠木誠一郎
聖徳太子は名探偵!!　楠木誠一郎
新選組は名探偵!!　楠木誠一郎
豊臣秀吉は名探偵!!　楠木誠一郎
福沢諭吉は名探偵!!　楠木誠一郎
一休さんは名探偵!!　楠木誠一郎
安倍晴明は名探偵!!　楠木誠一郎
宮沢賢治は名探偵!!　楠木誠一郎
宮本武蔵は名探偵!!　楠木誠一郎
徳川家康は名探偵!!　楠木誠一郎
平清盛は名探偵!!　楠木誠一郎
織田信長は名探偵!!　楠木誠一郎
真田幸村は名探偵!!　楠木誠一郎
源義経は名探偵!!　楠木誠一郎
清少納言は名探偵!!　楠木誠一郎
黒田官兵衛は名探偵!!　楠木誠一郎
伊達政宗は名探偵!!　楠木誠一郎
西郷隆盛は名探偵!!　楠木誠一郎
真田十勇士は名探偵!!　楠木誠一郎
関ヶ原で名探偵!!　楠木誠一郎

宮部みゆきのミステリー

ステップファザー・ステップ　宮部みゆき
今夜は眠れない　宮部みゆき
この子だれの子　宮部みゆき
蒲生邸事件（前編・後編）　宮部みゆき

お嬢様探偵ありす シリーズ

お嬢様探偵ありす (1)〜(8)　藤野恵美

名探偵 浅見光彦 シリーズ

ぼくが探偵だった夏　内田康夫
耳なし芳一からの手紙　内田康夫
しまなみ幻想　内田康夫

千里眼探偵部 シリーズ

千里眼探偵部 (1)〜(2)　あいま祐樹

「講談社 青い鳥文庫」刊行のことば

太陽と水と土のめぐみをうけて、葉をしげらせ、花をさかせ、実をむすんでいる森。小鳥や、けものや、こん虫たちが、春・夏・秋・冬の生活のリズムに合わせてくらしている森。森には、かぎりない自然の力と、いのちのかがやきがあります。

本の世界も森と同じです。そこには、人間の理想や知恵、夢や楽しさがいっぱいつまっています。

本の森をおとずれると、チルチルとミチルが「青い鳥」を追い求めた旅で、さまざまな体験を得たように、みなさんも思いがけないすばらしい世界にめぐりあえて、心をゆたかにするにちがいありません。

「講談社 青い鳥文庫」は、七十年の歴史を持つ講談社が、一人でも多くの人のために、すぐれた作品をよりすぐり、安い定価でおおくりする本の森です。その一さつ一さつが、みなさんにとって、青い鳥であることをいのって出版していきます。この森が美しいみどりの葉をしげらせ、あざやかな花を開き、明日をになうみなさんの心のふるさととして、大きく育つよう、応援を願っています。

昭和五十五年十一月

講談社